JACK KEROUAC

TRISTESSA

Tradução de Edmundo Barreiros

www.lpm.com.br

L&PM POCKET

Coleção **L&PM** POCKET, vol. 527

Texto de acordo com a nova ortografia
Título original: *Tristessa*

Primeira edição na Coleção **L&PM** POCKET: agosto de 2006
Esta reimpressão: fevereiro de 2018

Tradução: Edmundo Barreiros
Capa: Ivan Pinheiro Machado. *Foto*: *Prostituta de uma casa noturna*, La Merced, Cidade do México, 1997. Maya Goded / Magnum Photos
Revisão: Renato Deitos, Jó Saldanha e Larissa Roso

CIP-Brasil. Catalogação na fonte
Sindicato Nacional dos Editores de Livros, RJ.

K47t Kerouac, Jack, 1922-1969
Tristessa / Jack Kerouac; tradução de Edmundo Barreiros. – Porto Alegre, RS : L&PM, 2018.
112p. : 18 cm – (Coleção L&PM POCKET; v. 527)

Tradução de: *Tristessa*

ISBN 978-85-254-1546-2

1. Geração beat - Ficção. 2. Novela americana. I. Barreiros, Edmundo, 1966-. II. Título. III. Série.

CDD 813
CDU 821.111(73)-3

Rua Comendador Coruja, 314, loja 9 – Floresta – 90220-180
Porto Alegre – RS – Brasil / Fone: 51.3225.5777

Pedidos & Depto. Comercial: vendas@lpm.com.br
Fale conosco: info@lpm.com.br
www.lpm.com.br

Impresso no Brasil
Verão de 2018

SUMÁRIO

PARTE UM

Trêmulo e casto

Estou em um táxi com Tristessa, bêbado, com uma garrafa de uísque Juarez Bourbon no malote de dinheiro da ferrovia que eles me acusaram de roubar da estrada de ferro em 1952 – aqui estou eu na Cidade do México, um sábado à noite chuvoso, mistérios, velhas ruas laterais de sonho e sem nomes passam vertiginosamente, a ruazinha onde eu caminhara por entre multidões de vagabundos índios enrolados em mantas trágicas, suficientes para fazer você chorar, e você achou ter visto facas reluzindo sob as dobras – sonhos lúgubres tão trágicos quanto aquele da Velha Noite da Estrada de Ferro, com meu pai sentado com suas coxas grandes no vagão de fumantes da noite, cochilando enquanto seguia pelos trilhos vastos, enevoados e tristes da vida – mas agora estou no alto daquele platô vegetal que é o México, a lua de Citlapol com quem eu esbarrara algumas noites antes no telhado sonolento a caminho do antigo banheiro de pedra com goteira – Tristessa está doidona, linda como sempre. Vai alegre para casa deitar na cama e curtir sua morfina.

Noite anterior tive uma discussão silenciosa na chuva sentado com ela nos balcões sombrios da meia-noite comendo pão com sopa e bebendo Delaware Punch. Saí dessa conversa com a visão de Tristessa em minha cama, em meus braços, a estranheza de seu rosto amoroso, asteca, garota índia com olhos de Billie Holliday misteriosos e semicerrados e com uma grande voz melancólica como as atrizes vienenses de rostos tristes como Luise Rainer que fizeram toda a Ucrânia chorar em 1910.

Curvas lindas em forma de pera moldam a pele de seu rosto, que tem pestanas compridas e tristes, e uma resignação de Virgem Maria, e uma compleição cor de café e textura de pêssego e olhos de um mistério impressionante com uma falta de expressão de profundidade rasteira, meio desdém meio um lamento de dor pesaroso. "Estou doente", ela sempre diz para mim e Bull enroscada na almofada. Estou na Cidade do México em um táxi com os cabelos desgrenhados, e enlouquecido. Passo pelo Cine México em meio a engarrafamentos chuvosos bebendo da garrafa. Tristessa tenta se explicar em arengas longas que na noite anterior, quando a botei em um táxi, o motorista tentou agarrá-la e ela deu um soco nele, uma notícia que o motorista atual recebeu sem comentários. Vamos até a casa de Tristessa para sentar e ficarmos doidões. Tristessa já me avisou que a casa estará uma bagunça porque sua irmã está bêbada e doente e El Indio estará lá sentado majestosamente com uma agulha de morfina espetada no braço moreno, os olhos vidrados olhando para você, ou esperando que a espetada da agulha traga a própria chama e falando "Hmmm, za... a agulha asteca em minha carne flamejante". Muito parecido com o gato grande em Culiao que me apresentou 0 na vez em que eu vim ao México para ver outras visões. Minha garrafa de uísque tem uma tampa mexicana frouxa estranha. O tempo todo eu acho que ela vai se soltar e deixar toda a minha bolsa afogada em uísque com 43% de álcool.

Pelas ruas enlouquecidas de sábado à noite com chuva como Hong Kong, nosso táxi avança devagar por entre os caminhos do Mercado e saímos no bairro da rua das putas e saltamos atrás das barracas perfumadas de frutas e dos quiosques de tortillas, feijão e tacos com bancos fixos de madeira – o bairro pobre de Roma.

Pago os 3,33 do táxi com dez pesos e peço "seis" de troco, que recebo sem qualquer comentário e me pergunto se Tristessa acha que ostento e sou perdulário demais, o grande John Bêbado no México – Mas não tenho tempo para pensar, andamos apressados pelas calçadas escorregadias com reflexos de néon e da luz das velas dos ambulantes que vendiam castanhas sobre um pano sentados no chão – entramos rapidamente na viela fedorenta onde ficava a casa de cômodos de um andar – Quando entramos, passamos por torneiras gotejantes, baldes e meninos. Nós nos abaixamos para passar por baixo de roupa pendurada e chegamos à sua porta de ferro, que está destrancada naquele interior de adobe, e nós entramos na cozinha, a chuva ainda pingando das chapas de metal e tábuas que serviam como telhado da cozinha – e permitiam que gotinhas caíssem ruidosamente na cozinha sobre o lixo da galinha no canto úmido – Onde agora, miraculosamente, vejo o gatinho rosa dando uma mijadinha sobre pilhas de restos de quiabo e comida de galinha. O quarto lá dentro está completamente imundo e bagunçado, como se tivesse sido saqueado por loucos, com jornais rasgados espalhados e galinhas comendo arroz e pedacinhos de sanduíches do chão – A irmã de Tristessa está na cama, doente, enrolada em uma colcha rosa – é tão trágico quanto a noite em que Eddy levou um tiro na chuvosa Russia Street –

Tristessa está sentada na beira da cama arrumando as meias de náilon. Ela as puxa de dentro dos sapatos de um jeito esquisito, com o rosto grande e triste observando seus esforços, com os lábios franzidos. Observo a maneira como ela torce os pés para dentro convulsivamente quando olha para os sapatos.

Ela é uma garota bonita demais. Eu me pergunto o que todos os meus amigos iam dizer lá em Nova York e em San Francisco, e o que aconteceria em Nola quando você a visse atravessar a Canal Street sob o sol quente, ela de óculos escuros e um andar preguiçoso, tentando amarrar o quimono ao sobretudo fino como se o quimono devesse amarrar o casaco, dando puxões convulsivos e brincando na rua, dizendo "Olha ali o táxi – eei, é eeleee que – lá vai você – Eu traago de bolta yur moa-ny." Moa-ny, dinheiro. Ela fala de um jeito parecido com minha velha tia franco-canadense lá em Lawrence. "Não quero su moa-ny, o que quero é yur loave." Loave, amor. "És yur lawv." Lawv, a lei. – Acontece a mesma coisa com Tristessa, ela está o tempo todo tão doidona, e passando mal. Ela se aplica dez gramas de morfina por mês – sai cambaleando pelas ruas da cidade tão bela que as pessoas continuam a se virar para olhar para ela – Seus olhos são radiantes e reluzem e seu rosto está úmido com o sereno e seu cabelo índio está negro, bem legal, é dividido em dois rabos de cavalo na parte de trás, enrolados em coques na nuca (o próprio penteado catedral das índias) – Seus sapatos, para os quais ela sempre está olhando, são novos em folha, não surrados, mas ela deixa que suas meias de náilon caiam o tempo todo, e as puxa insistentemente, e torce os pés convulsivamente – você visualiza uma garota bonita igual em Nova York, vestindo uma saia rodada florida à la New Look com um suéter de *cashmere* Dior e seios retos, e seus lábios e olhos fazem o mesmo e fazem o resto. Aqui ela está reduzida às roupas empobrecidas e sombrias de senhora índia – Você vê as senhoras índias no negro inescrutável dos umbrais, olhando como se fossem buracos nas paredes não as mulheres – suas roupas – e você olha outra vez e vê a mujer* nobre e brava, a mãe, a mulher, a Virgem Maria do México. – Tristessa tem um ícone enorme em um canto de seu quarto.

Ele fica de frente para o quarto, de costas para a parede da cozinha, no canto direito de quem olha para aquela cozinha lamentável com suas goteiras que chovem de forma indescritível dos galhos de árvore do telhado e dos compensados (o telhado explodido do abrigo) – Seu ícone representa a Santa Maria a olhar de dentro de seus chadores azuis, sua túnica e seus objetos de Damema, para os quais El Indio reza com devoção quando sai para descolar uma parada. El Indio diz ser um vendedor de suvenires – nunca o vi vendendo crucifixos em San Juan Letrán, nunca vi El

* Em espanhol no original. (N.T.)

Indio na rua, nem em Redondas, em lugar nenhum. A Virgem Maria está com uma vela, um monte de velas econômicas que queimam a cera dentro de vidros e duram semanas, como rodas de oração tibetanas – a ajuda incansável de nosso Amida – eu sorrio ao ver esse ícone adorável –

Ele está rodeado de retratos dos mortos – Quando Tristessa quer dizer "mortos", ela junta as mãos em uma atitude santificada, indicando sua crença asteca na santidade da morte, e da mesma maneira a santidade da essência – Então ela tem uma foto do Dave morto meu velho camarada de muitos anos que agora está morto, de pressão alta aos 55 anos – Seu rosto vagamente índio-grego salta da fotografia pálida indefinível. Não consigo vê-lo em meio a toda aquela neve. Sem dúvida ele está no Céu, as mãos juntas em posição de oração em um êxtase eterno de Nirvana. É por isso que Tristessa continua a juntar as mãos e rezar, dizendo, também: "Eu amo o Dave", ela tinha amado seu antigo senhor – Era um velho apaixonado por uma garota. Ela estava viciada aos dezesseis. Ele a tirou das ruas e, ele também um viciado das ruas, redobrou seus esforços para conseguir, finalmente, entrar em contato com viciados de grana, e mostrou a ela como viver – uma vez por ano iam juntos de carona até Chalmas, na montanha, escalar parte dela de joelhos para chegar ao santuário com sua enorme pilha de muletas deixadas ali por romeiros curados de suas doenças, as milhares de esteiras abertas no sereno onde dormem à noite em cobertores e sobretudos – retornando, devotos, famintos, saudáveis, para acender novas velas para a Mãe e caindo outra vez nas ruas em busca de sua morfina – Só Deus sabe onde eles a conseguiam.

Eu me sento e admiro a mãe majestosa dos amantes.

NÃO HÁ COMO descrever o horror daquela escuridão nos buracos do teto, o halo marrom da noite da cidade perdido em uma elevação vegetal verde acima das Rodas dos telhados Blakeanos de adobe – a Chuva agora embaça o verde sem fim da planície do vale a norte de Actopan. Garotas bonitas passam correndo por cima de sarjetas cheias de poças – Cães latem para carros que passam em bandos – A chuva fraca esvazia-se de maneira lúgubre sobre a pedra úmida da cozinha, e a porta reluz (ferro) toda brilhante e molhada – O cachorro uiva de dor na cama. – O cão é a pequena mãe *chihuahua* de 30 cm de comprimento, com belos pezinhos de dedos negros e unhas, um cachorro tão "refinado" e delicado que você não poderia tocá-lo sem que ele ganisse de dor – "C-aaa--in". Tudo o que você podia fazer era estalar os dedos com delicadeza para ela e deixar que esfregasse o seu focinhozinho gelado e molhado (negro como o de um touro) contra suas unhas e seu polegar. Cachorrinho doce – Tristessa diz que ela está no cio e é por isso que chora – o galo grita debaixo da cama.

O galo está esse tempo todo escutando debaixo das molas, meditativo, virando-se para olhar para aquela escuridão silenciosa ao redor, o barulho dos humanos dourados acima "BEU-VEU-VAA?", grita ele, uiva, interrompe meia dúzia de conversas simultâneas e vociferantes como papel rasgado acima – A galinha cacareja.

A galinha está lá fora, circulando por entre nossos pés, ciscando o chão com suavidade – Ela gosta das pessoas. Quer se aproximar de mim e se esfregar sem limites contra a perna da minha calça, mas eu não a encorajo, na verdade, ainda não a havia notado e parece aquele sonho do vasto pai insano do celeiro na floresta na uivante Nova Scotia com as marés prestes a engolir a cidade e toda a região de pinheiros ao redor no norte sem fim – era Tristessa, Cruz na cama, El Indio, o galo, a pomba no alto da cornija (nunca fez um som além do eventual treinamento de bater as asas), o gato, a galinha e a porra da mulher cachorra vadia pretinha vira-lata *chihuahua* Espana que uiva.

A seringa de El Indio está totalmente cheia. Ele enfia a agulha com força e ela está cega e não penetra na pele e ele a enfia com mais força e consegue, mas em vez de estremecer aguarda boquiaberto e em êxtase e aplica tudo, deprimido, parado. – "Você precisa me fazer um favor, Mr. Gazookus", diz Old Bull Gaines interrompendo meu pensamento. "Vamos lá na Tristessa comigo – Estou com pouco", mas estou pronto para desaparecer da Cidade do México, com caminhadas pela chuva, chapinhando nas poças sem reclamar ou mesmo qualquer interesse, apenas tentando chegar em casa, na cama, morto.

É o maldito alucinado livro dos sonhos da droga do mundo, cheio de súplicas, mentiras e acordos escritos. E suborno, para as crianças comprarem doces, para as crianças comprarem doces. "A morfina é para a dor", sigo pensando, "e o resto é o resto, isso é o que é, eu sou o que sou. Adoração a Tathagata, Sugata, Buda, perfeito na Sabedoria e na Compaixão, que alcançou, está alcançando e irá alcançar, todas essas palavras de mistério."

– O motivo pelo qual eu trago o uísque, para beber, para romper a cortina negra – Ao mesmo tempo um comediante na cidade de noite – incomodado por melancolias e intervalos de calmaria, entediado, bebendo, reverente, entrando em colapso. "Onde eu vou fazer..." – Puxo a cadeira até o canto perto do pé da cama para poder sentar entre a gata e a Virgem Maria. A gata, *la gata* em espanhol, a pequena Tathagata da noite, de cor dourada e rosada, três semanas de idade, um focinho rosado maluco, um rosto maluco, olhos verdes, bigodes em fórceps e suíças douradas de leão – Passo meus dedos por seu crânio pequeno e ela levanta-se, ronrona e a máquina de ronronar passa um tempo ligada, e ela olha ao redor do quarto e vê satisfeita o que todos estamos fazendo. – "Ela está com pensamentos de ouro", penso eu. – Tristessa gosta de ovos, ou não deixaria um galo macho neste ambiente feminino? Como eu posso saber como são feitos os ovos? À minha direita, as velas devocionais queimam diante da parede de barro.

É INFINITAMENTE PIOR do que o sonho de sono que tive na Cidade do México no qual passo por apartamentos brancos vazios e tristes, sozinho, ou um em que os degraus de mármore de um hotel me aterrorizam – É a noite chuvosa na Cidade do México e estou no meio do bairro do Mercado dos Ladrões do México e El

Indio é um ladrão bem conhecido e mesmo Tristessa era uma batedora de carteiras mas eu não faço mais que passar de leve as costas da mão contra o volume de meu dinheiro dobrado guardado à maneira dos marinheiros no bolso da frente de ferroviário de meus jeans – E no bolso da camisa guardo os cheques de viagem que são, de certa forma, impossíveis de roubar – Aquela, Ah, aquela rua lateral onde a gangue de mexicanos me para e vasculha minha bolsa de viagem. Eles pegam o que querem e me levam para tomar uma bebida – É melancolia de maneira imprevisível nesta terra, percebo todas as incontáveis manifestações os inventos da mente-pensante que erguem uma parede de horror diante de sua conscientização pura de que não há parede ou horror apenas A Luz Leitora Vazia Transcendental Beijável da verdadeira e perfeitamente vazia Eternidade Duradoura. – Sei que está tudo bem mas quero prova, e os Budas e as Virgens Marias estão ali para me lembrar da minha promessa solene de fé nesta terra agreste e estúpida onde nós vivemos em fúria nossas assim chamadas vidas em um mar de preocupações, carne para as Chicagos dos Túmulos – bem neste minuto meu próprio pai e meu próprio irmão jazem lado a lado na lama no Norte e eu devo ser mais inteligente que eles – ao ser esperto, estou morto. Olho para os outros que estão conversando, eles percebem que estive perdido em pensamentos na minha cadeira no canto, mas estão em busca de preocupações sem fim e irrefreáveis (todas 100% mentais) próprias – Estão falando em espanhol, eu entendo apenas trechos soltos dessa conversa viril – Tristessa diz "chinga" frase sim, frase não, um marinheiro de boca suja – ela diz isso com desprezo e seus dentes rangem o que me deixa preocupado. "Você conhece as mulheres tão bem quanto pensa?" – O galo está tranquilo e de repente solta um grito.

Tiro minha garrafa de uísque da bolsa e o Canady Dry, abro os dois e me sirvo um drinque numa xícara – também faço um para Cruz que acabou de pular da cama para vomitar no chão da cozinha e agora quer outra bebida, ela passou o dia inteiro no bar para mulheres em algum lugar perto do bairro das putas da Panamá Street e a sinistra Rayon Street com seu cachorro morto na sarjeta e mendigos na calçada sem chapéu que olham para você desamparados – Cruz é uma índia pequena sem queixo e com olhos brilhantes. Usa escarpins de salto alto sem meias e vestidos surrados, que turma de gente louca, nos Estados Unidos um tira iria olhar com muita atenção ao vê-los todos loucaços discutindo e cambaleando pela calçada, como aparições de pobreza – Cruz toma um drinque e vomita, também. Ninguém percebe, El Indio está com a seringa em uma mão e um papelote na outra e discute, o pescoço tenso, colérico, em todo o volume com Tristessa, que grita e cujos olhos brilhantes dançam para se livrar daquilo – A velha senhora Cruz geme por causa da confusão e se enterra de volta em sua cama, a única cama, embaixo do cobertor, o rosto oleoso e com uma bandagem, o cachorrinho preto se enroscando contra ela, e a gata, e ela está lamentando algo, sua ressaca, e El Indio insiste em reclamar mais uma parte do suprimento de morfina de Tristessa – eu engulo minha bebida.

Na porta ao lado a mãe fez sua filhinha chorar. Podemos ouvi-la rezar, guinchos curtos com tristeza suficiente para despedaçar o coração de um pai e talvez fosse. – Passam caminhões, ônibus, barulhentos, rosnando, completamente lotados de gente a caminho de Tacuyaba e Rastro e Circumvalación e outras cidadezinhas de periferia – as ruas de poças imundas que terei de caminhar para chegar em casa às 2h da manhã, chapinhando despreocupado pelas poças das ruas, olhando ao longo das cercas solitárias para o reflexo desolador da chuva molhada que reluz sob a iluminação da rua – O abismo e o horror de meu caráter, os músculos tensos do pescoço de Virya que um homem necessita para apertar os dentes um contra o outro, para passar por estradas solitárias de chuva à noite sem esperança de uma cama quente – Minha cabeça se abate e se exaure de pensar nisso. Tristessa diz "Como está Jack?" Ela sempre pergunta: "Por que você está tão triste?? – 'Muy dolorosa'", como se quisesse dizer "Você está com muita dor", pois dor significa *dolor* – "Estou triste porque toda a vida es dolorosa", repito sempre, na esperança de ensinar a ela a Verdade Número Um das Quatro Grandes Verdades – Além disso, o que poderia ser mais verdadeiro? Com seus olhos púrpuros pesados ela pisca para mim a retaliação com um balançar da cabeça, "hã-hã", uma compreensão de sabedoria indígena do tom do que eu disse, e segue assentindo com a cabeça, deixando-me desconfiado da curva de seu nariz, que parece mau e conivente. Penso nela como uma Voluptuosa Houri Vendedora nas profundezas do inferno que Kshitigarbha nunca sonhou em redimir. – Quando ela parece um Índio Joe malvado de Huckleberry Finn, tramando minha morte – El Indio, de pé, observando por entre a carne arroxeada, quase negra, em torno dos olhos tristes, duros e afiados, e limpa o rosto, sombrio ouvindo-me dizer que Toda Vida é Triste. Ele balança a cabeça, concorda, nenhum comentário a fazer para mim ou qualquer pessoa sobre isso.

Tristessa está inclinada sobre a colher onde fervem mais morfina em sua caldeira de fósforo. Ela parece estranha e mais magra e você vê as curvas escassas de seu traseiro no vestido maluco que parece um quimono quando ela se ajoelha como se estivesse rezando sobre a cama preparando seu pico em cima da cadeira cheia de cinzas, alfinetes de cabelo, algodão, coisas para usar na cara como rímel e batons mexicanos estranhos e cremes e enfeites – entranhas, restos mortais de lixo que, se tivessem sido derrubadas, teriam acrescentado apenas uma pequena quantidade extra de confusão à bagunça do chão. – "Corri para encontrar esse Tarzan", penso, lembrando da infância e de casa enquanto eles se lamentam no Quarto da Noite de Sábado do México, "mas as moitas e as rochas não eram reais e a beleza das coisas deve estar no fato de terminarem".

EU LAMENTO TANTO em cima da xícara com a bebida que eles percebem que vou ficar bêbado e então todos permitem e insistem que eu tome um pico de morfina, o que aceito sem medo porque sou um bêbado – Pior sensação do mundo, tomar morfina quando você está bêbado, o resultado dá um nó em sua testa como se fosse uma pedra e provoca muita dor lá enquanto disputam o domínio da área, nenhum deles ganha porque anularam um ao outro, o álcool e o alcaloide. Mas aceito, e assim que começo a sentir seu efeito que me alerta e aquece, olho para baixo e percebo que o frango, a galinha, quer fazer amizade comigo – Está por perto com o pescoço balançando, olhando para minha rótula, para minhas mãos pendentes, quer se aproximar mas não tem autoridade – Então estendo a mão para que ela a bique, para que ela saiba que não tenho medo porque na verdade confio que ela não vai me machucar – o que ela não faz – fica apenas olhando para minha mão com cautela, dúvida e, de repente, quase com doçura, e então eu tiro a mão com uma sensação de vitória. Ela cacareja contente, pega um pedaço de algo no chão e o joga fora, um pedaço de linha pendurado em seu bico, ela o joga fora, olha ao redor, anda pela cozinha dourada do Tempo em um grande resplendor de Nirvana de sábado à noite e todos os rios rugindo sob a chuva, o estrondo em minha alma quando penso na primeira infância e você vê os adultos grandes na sala, a onda e o ranger de suas mãos sombrias, enquanto discutem sobre o tempo e a responsabilidade, em um Filme de Ouro dentro de minha própria mente sem substância, nem mesmo gelatinosa – a esperança e o horror do vazio – grandes fantasmas gritando em minha cabeça com a fotografia estranha e engraçada do galo que agora se ergue e emite um som do fundo da garganta, dirigindo-se às cercas abertas do Missouri, explode em gritos de pólvora de vergonha matinal, reverendo para o homem – Ao amanhecer, em meio a oceanidades impenetráveis e áridas de melancolia profundamente submersa, ele emite sua canção matinal otimista e ainda assim o fazendeiro sabe que aquilo não vai terminar daquela maneira otimista. Então ele cacareja, cacarejos de galo, comenta sobre alguma coisa louca que podemos ter dito, e cacareja – pobre ser que pressente e percebe, a besta sabe que chegou sua hora nos galinheiros da Avenida Lenox – cacareja exultante como nós – grita mais alto se é um homem, com barbelas e cristas especiais de galo – Galinha, sua mulher, usa o chapéu ajustável que cai de um lado para outro de seu bico bonito. "Bom dia, Sra. Gazoooks", digo a ela, divertindo-me sozinho ao observar as galinhas como fazia quando moleque em New Hampshire em fazendas à noite esperando que a conversa terminasse e a lenha fosse levada para dentro. Trabalhava duro para meu pai na Terra Pura, era forte e verdadeiro, fui à cidade para ver Tathagata, nivelei o chão para seus pés, vi calombos por toda a parte e nivelei o chão, ele passou e me viu e disse "Primeiro nivele sua mente, e então a terra estará nivelada, até o monte Sumeru" (o antigo nome do Everest em magadha antigo) (Índia).

Também quero fazer amizade com o galo, agora estou sentado diante da cama nas outras cadeiras depois que El Indio saiu com um bando de homens suspeitos com bigodes, um dos quais olhou fixamente para mim com curiosidade e um sorriso orgulhoso e satisfeito quando eu me levantei com a xícara na mão, agindo como se estivesse bêbado em frente das mulheres para a edificação dele e de seus amigos – Sozinho na casa com duas mulheres, sento-me educadamente diante delas e conversamos com franqueza e avidez sobre Deus. "Meus amigos estaum doentes, eu dou a elesh uma dose", conta-me a bela Tristessa de Dolours com seus dedos longos, úmidos e expressivos dançando o bailado tilintante dos indiozinhos diante de meus olhos assombrados. "– E *cuando* meu amigo no me paga, eu naum me importo. Porque", aponta para o alto com uma expressão sincera para meus olhos, dedo no ar, "Meu Senhor me paga – e ele me paga *mais* – M-a-i-s" – ela se inclina rapidamente para dar mais ênfase, e eu gostaria de poder dizer a ela em espanhol a bênção inestimável e ilimitada que receberá de qualquer forma no Nirvana. Mas eu a amo, me apaixono por ela. Ela acaricia meu braço com o dedo. Eu adoro. Tento me lembrar de meu lugar e minha posição na eternidade. Renunciei à luxúria com as mulheres – renunciei à luxúria pela luxúria – renunciei à sexualidade e ao impulso inibidor – quero entrar na torrente sagrada de luz e ficar seguro em meu caminho para a outra margem, mas deixaria, de boa vontade, um beijo para Tristessa por escutar os apelos de meu coração. Ela sabe que eu a amo e admiro com todo o meu coração e que estou me segurando. "Você tem sua vida", diz ela para Old Bull (e sobre ele em um minuto) "e eu tenho que cuidar da minha, e Jack tem a vida deeli", apontando para mim, ela me devolve minha vida e não a exige para si mesma como fazem tantas mulheres que você ama. – Eu a amo mas quero partir. Ela diz: "Eu sei, um homem y uma mulher estaum condenados –" "quando querem estar condenados" – Ela balança a cabeça, confirma para si mesma alguma sombria crença asteca instintiva, sábia – uma mulher sábia, que teria dignificado os rebanhos de Bhikshunis na própria época de Yasodhara e teria dado uma freira divina adicional. Com os olhos fechados e as mãos juntas, uma Madona. Me faz chorar perceber que Tristessa nunca teve um filho e provavelmente jamais terá por conta de seu problema com a morfina (uma doença que perdura enquanto houver necessidade, que, ao mesmo tempo, se alimenta da necessidade e a satisfaz, isso faz com que passe o dia inteiro a gemer de dor e a dor é real, como abcessos em seus ombros ou uma nevralgia que desce pelo lado de sua cabeça e em 1952, pouco antes do Natal, ela quase morreu), a santificada Tristessa não vai renascer outra vez. Irá direto para seu Deus e Ele irá recompensar seu rebanho de multibilhões com eternidades e eternidades de tempo de Carma perdido. Ela compreende o Carma, e diz: "O que faço é ceifar", diz em espanhol – "Homens e mulheres cometem *errores* – erros, falhas, pecados, *faltas*," seres humanos semeiam com problemas sua própria terra, e tropeçam nas pedras de sua imaginação falsa e errada, e a vida é dura. Ela sabe, eu sei, você sabe. – "Mas – eu quero tomar una dose – morfina – e no ficar mais com essa vontade." Ela encurva os ombros com rosto de camponesa, compreendendo a si mesma de uma maneira que eu não consigo e quando olho para ela sob o tremeluzir da vela sobre as maçãs protuberantes de seu rosto e ela parece tão bonita quanto uma Ava Gardner Negra, uma Ava Marrom de rosto comprido e ossos compridos e olhos semicerrados de cílios compridos – Só que Tristessa não tem essa expressão de um sorriso sexual, tem a expressão de menosprezo indígena de rosto triste e abatido para o que você acha de sua beleza mais que perfeita. Não que seja uma beleza perfeita como a de Ava, ela tem falhas, erros, mas todos os homens e mulheres os têm e por isso todas as mulheres perdoam os homens e os homens perdoam as mulheres e eles seguem seus caminhos sagrados para a morte. Tristessa ama a morte, vai até o ícone, arruma as flores e reza. – Ela se abaixa com um sanduíche nas mãos e reza, olhando de lado para o ícone, sentada na cama da maneira birmanesa (um joelho na frente do outro) (abatida) (sentada), ela faz uma longa oração a Maria para pedir bênçãos ou dar graças pela comida, eu espero em silêncio respeitoso, dou uma olhadela para El Indio que também é devoto, ao ponto de chorar com seus olhos vidrados e reverentes de viciado e às vezes gosto especialmente quando Tristessa tira as meias para entrar nos cobertores da cama dizendo um segredo de frases de amor veneráveis a meia-voz ("Tristessa, O Yé comme test Belle") (o que, sem dúvida, é o que estou pensando mas tenho medo de olhar e ver Tristessa tirar suas meias de náilon com medo de conseguir ver suas coxas cor de café com leite e ficar louco) – Mas El Indio também está chapado demais com a solução venenosa de morfina para se importar e dar continuidade a sua reverência por Tristessa, ele está ocupado, às vezes ocupado passando mal, tem uma mulher, dois filhos (do outro lado da cidade), tem que trabalhar, tem que descolar as paradas para Tristessa quando ela não tem nada (como agora) – (motivo de sua presença na casa) – Vejo a coisa pipocando e digressionando em todas as direções, a história daquela casa e daquela cozinha.

Nas paredes da cozinha há fotos pornográficas de garotas mexicanas, garotas de lingerie preta e coxas grossas e relevos reveladores dos seios e drapeado pélvico, que estudo com interesse, nos lugares certos, mas as fotos (2) estão todas amassadas e manchadas pela chuva e com as pontas enroladas e penduradas de qualquer jeito na parede, e você tem de ajeitá-las e esticá-las para poder estudá-las, e mesmo assim a chuva escorre pelas folhas de repolho e o papelão encharcado acima – Quem poderia ter tentado fazer um teto para a felaína? – "Meu Senhor, ele me recompensa *mais*" –

AGORA EL INDIO voltou e está de pé perto da cabeceira da cama enquanto estou ali sentado, e viro para olhar para o galo ("para domá-lo") – Estendo a mão da mesma forma que fiz com a galinha e deixo que ele veja que não tenho medo que me bique, e vou acariciá-lo e livrá-lo de todo o medo de mim – O Galo olha para minha mão sem comentário, e olha para longe, e torna o olhar para mim, e encara minha mão (o campeão melancólico seminal que sonha um ovo diário para Tristessa que ela chupa até o fim depois de furá-lo, fresco) – olha ternamente para minha mão mas acima de tudo majestosamente enquanto a galinha não consegue fazer essa mesma avaliação majestosa, ele é coroado e arrogante e pode uivar, é o Rei da Cerca em duelo ardente com o amanhecer podre. Ele cacareja ao ver minha mão, querendo dizer É, e se vira – e olho orgulhoso ao redor para ver se Tristessa e El Indio ouviram meu *estupiante* selvagem – Eles comemoram ao me ver com lábios ávidos, "Sim, estávamos conversando sobre os dez *gramos* de morfina que vamos descolar amanhã – É –" e eu me sinto orgulhoso por ter conquistado o Galo, agora todos os bichinhos no quarto me conhecem e me amam e eu os amo apesar de talvez não os conhecer. Todos, exceto O Cantor no telhado, em cima do guarda-roupa, no canto, longe da beira, contra a parede bem embaixo do teto, a Pomba arrulha confortável sentada no ninho, sempre contemplando toda a cena, para sempre sem comentar. Ergo os olhos, meu Senhor bate asas com o arrulhar branco de pomba e olho para Tristessa para saber por que ela arranjou uma pomba e Tristessa levanta as mãos macias de um jeito indefeso e olha para mim com carinho e tristeza, para indicar, "É minha pomba" – "Minha pombinha bonitinha – O que posso fazer?" "Eu gosto tanto dela" – "É tão branquinha e bonitinha" – "Nunca faz barulho" – "Tem olhos taum bonitus, você olha e vê os olhos taum bonitus" e eu olho nos olhos da pomba e são apenas olhos de pomba, abertos, perfeitos, escuros, poços, misteriosos, quase orientais, é impossível aguentar a pureza tamanha que aqueles olhos emanam – E são tão parecidos com os olhos de Tristessa que eu gostaria de poder comentar e dizer a Tristessa "Tens os olhos da pomba" –

De vez em quando a Pomba se levanta e bate as asas como exercício, em vez de voar pelo ar triste ela espera em seu cantinho dourado do mundo, espera a pureza perfeita, a morte, a Pomba na sepultura é algo melancólico para ser celebrado – o corvo na sepultura não é uma luz branca que ilumina os Mundos e aponta para cima e aponta para baixo por entre os dez lados soberbos da Eternidade – Pobre Pomba, pobres olhos – seu peito branco como neve, seu leite, sua torrente de piedade sobre mim, seu olhar mesmo gentil, os olhos dentro dos meus, das alturas otimistas de seu lugar no armário e nos arcabouços dos Céus Abertos do Mundo da Mente – anjo dourado e otimista de meus dias, e não posso tocá-la, não ousaria subir em uma cadeira e prendê-la no canto e sorrir com um ranger de dentes para ela, tentando impressioná-la em meu coração manchado de sangue – o sangue dela.

El Indio trouxe sanduíches e a gatinha está louca por um pouco de carne e El Indio fica com raiva e a expulsa da cama com um tapa e eu estendo minhas duas mãos para ele "Non" "Não faça isso" e ele nem mesmo me escuta e Tristessa grita com ele – o grande Homem Fera irado com a carne da cozinha e batendo na filha que está na cadeira do outro lado do quarto até cair no chão, as lágrimas começam a escorrer quando ela percebe o que fez – Não gosto de El Indio porque ele bateu na gata. Mas ele não faz por maldade, é apenas uma reprimenda, uma maneira dura, justificada de lidar com a gata, chutá-la de seu caminho na sala quando vai atrás de seus charutos e da televisão – O Velho pai Tempo é El Indio, com as crianças, a esposa, as noites na mesa de jantar estapeando os filhos e conduzindo sobre grandes jantares com muita carne sob a luz mortiça – "Buuurp! Braap!", ele solta diante das crianças que olham para ele com olhos reluzentes e cheios de admiração. Agora é sábado à noite e ele está conversando com Tristessa e se esforçando para explicar a ela, de repente a velha Cruz (que não é velha, tem só quarenta) se levanta gritando "É, com nossa grana, si, com nuestro dinero" e repete duas vezes, soluça, e El Indio a avisa que eu posso entender (quando ergo os olhos com magnificência imperial de indiferença com um toque de respeito pela cena) e como se dissesse "Esta mulher chora porque vocês pegam todo o seu dinheiro" – o que é isso? Rússia? Mússia? Matamorapússia? Como se eu não me importasse de nenhum jeito que não pudesse. Tudo o que queria era ir embora. Tinha me esquecido completamente da pomba e só me lembrei dela dias mais tarde.

A MANEIRA SELVAGEM como Tristessa fica de pé, as pernas afastadas, no meio do quarto para explicar algo, como um viciado em uma esquina do Harlem, ou em qualquer outro lugar, Cairo, Bang Bombayo e todo o Bando de Felás dos Palmeirais da Extremidade das Bermudas às asas de albatroz pousadas que cobrem de penas as rochosas da costa do Ártico, só o veneno que servem das focas Gloogloo dos esquimós e as águias da Groenlândia, não é tão ruim quanto aquela morfina da Civilização Alemã à qual ela (uma índia) é forçada a se submeter e a morrer por ela em sua terra nativa.

ENQUANTO ISSO O GATO está abrigado confortavelmente perto do lugar do rosto de Cruz, onde ela está deitada ao pé da cama, enroscada, do jeito que dorme a noite inteira enquanto Tristessa se enrosca na cabeceira e elas entrelaçam os pés como irmãs ou como mãe e filha e fazem com que uma cama pequena seja confortável para as duas – O gatinho rosa tem tanta certeza (apesar de todas as suas pulgas que cruzam seu focinho ou passeiam por suas pestanas) – que está tudo bem – que está tudo certo no mundo (pelo menos agora) – quer ficar perto do rosto de Cruz, onde está tudo bem – Ele (na verdade uma Elazinha) ele não percebe as ataduras e o pesar e os horrores de bebedeira e ressaca pelos quais ela está passando, sabe apenas que ela é a senhora todo o dia suas pernas estão na cozinha e de vez em quando ela joga comida para ele e, além disso, ela brinca com ele na cama e finge que vai bater nele e o segura e briga com ele que faz uma carinha naquela cabecinha e pisca os olhos e abana as orelhas para trás para esperar o tapa mas ela está só brincando com ele – Então agora ele se senta em frente a Cruz e apesar de nós gesticularmos como maníacos quando falamos e às vezes uma mão pesada passar perto de suas orelhas, quase acertando-o ou El Indio poder de repente resolver jogar um jornal sobre a cama e acertar bem em cima da cabeça dele, mesmo assim ele fica sentado e curte a gente com olhos fechados e encolhido em um estilo Gato Buda, meditativo em meio a nossas atitudes alucinadas como a Pomba acima – Eu me pergunto: "Será que o gatinho sabe que tem um pombo no guarda-roupa?" Queria que meus parentes de Lowell estivessem aqui para ver como vivem as pessoas e os animais no México –

Mas o pobre do gatinho é uma massa de pulgas, mas ele não se importa, não fica se coçando como gatos americanos mas apenas resiste – Eu o pego do chão e ele é apenas um esqueletinho magrelo com grandes balões de pelo – Tudo é tão pobre no México, as pessoas são pobres, mas mesmo assim tudo o que eles fazem é feliz e despreocupado, não importa o que seja – Tristessa é uma viciada e lida com isso magra e despreocupada, enquanto uma americana seria melancólica – Mas ela tosse e reclama o dia inteiro, e pela mesma lei, de vez em quando, o gato começa a coçar-se furiosamente, o que não ajuda –

MEU CIGARRO SE apaga enquanto fumo e levo-o até o ícone para acendê-lo na chama da vela, que está dentro de um copo – Ouço Tristessa dizer algo que interpreto como "Droga, esse idiota está usando nosso altar como isqueiro" – para mim nada há de estranho ou incomum nisso, só quero fogo – mas percebendo a observação, ou mesmo ainda acreditando na observação mesmo sem saber o que foi, eu engulo em seco e me detenho e em vez disso arranjo fogo com El Indio, que depois me mostra como, com uma precezita devota e um pedaço de jornal, arranja fogo de maneira indireta, com um toque e uma oração – Ao perceber o ritual, também o faço para conseguir meu fogo alguns minutos mais tarde – Faço uma pequena oração francesa: "*Excuse moá* ma' *Dame*" – com ênfase no *Dame* por causa de Damema, a Mãe dos Budas.

Assim sinto-me menos culpado em relação a meu cigarro e de súbito sei que todos vamos para o Céu direto de onde estamos, como espíritos dourados de Anjos com Auréolas de Ouro vamos pegando carona no Deus Ex Machina até as alturas do Apocalíptico, Eucalíptico, Aristofanesco e Divino – Eu suponho e me pergunto o que o gato pode achar – Digo para Cruz "Sua gata está tendo pensamentos dourados (su gata tienes pensas de or)" mas ela não entende por mil e um bilhão de razões complexas que nadam na multidão fervilhante de seus pensamentos leitosos enterrados em Buda no estresse de sua doença permanente – "*What's pensas?*" grita ela para os outros, ela não sabe que o gato está tendo pensamentos dourados – Mas o gato a ama tanto, e fica ali, bem perto de seu queixo, ronronando, satisfeito, olhos bem fechados e tampados, uma gatinha pequena igual a Pinky que perdi em Nova York atropelada na Atlantic Avenue pelos sombrios motoristas alucinados do Brooklyn e do Queens, os autômatos sentados ao volante que vão matando gatos automaticamente todo dia, uns cinco ou seis diariamente na mesma rua. "Mas este gato vai morrer a morte mexicana normal – de velhice ou doença – e será um veterano sábio dos becos da área, e você irá vê-lo (sujo como trapos) remexendo o lixo como se fosse um rato, então o gato fica ali perto do queixo dela como um pequeno sinal de suas boas intenções."

El Indio vai na rua e traz sanduíches de carne e agora a gata fica enlouquecida, mia e grita querendo um pouco e El Indio a joga para fora da cama – Mas Gata finalmente consegue um pedaço de carne e se atira sobre ele como um Tigre louco e eu penso "Se ela fosse tão grande quanto aquele do zoológico, iria olhar para mim com grandes olhos verdes antes de me devorar". Estou vivendo o conto de fadas de sábado à noite, na verdade estou me divertindo por causa da birita e a alegria e as pessoas despreocupadas – curtindo os bichinhos – percebendo a filhotinha de *chihuahua* que agora espera humildemente por um pedaço de carne ou de pão, aflita, com o rabo entre as pernas, se ela um dia herdar a terra será por causa da humildade – Com as orelhas abaixadas para trás, chega até a chorar o lamento de medo do pequeno *chihuahua* – Ainda assim ela se alternava entre nos observar e dormir a noite inteira, e suas próprias reflexões sobre o tema do Nirvana e da morte e os mortais que tentam ganhar tempo até a morte são de uma alta frequência lamurienta de variedade doce e apavorada – e do tipo que diz "Deixe-me em paz, sou delicada demais" e você a deixa em paz em sua conchinha frágil como o casco de canoas acima das profundezas do oceano – Eu gostaria de poder comunicar a todas as criaturas e pessoas, no resplendor de meus bons tempos enluarados, o mistério enevoado do leite mágico visto na Fantasia Profunda da Mente onde aprendemos que tudo é nada – no caso, eles não iriam se preocupar mais, exceto após o instante em que pensam em se preocupar novamente – Todos nós trêmulos em nossas botas de mortalidade, nascidos para morrer, NASCIDOS PARA MORRER eu poderia escrever isso no muro e sobre Muros por todos os Estados Unidos – Pomba em asas de paz, com seus olhos de Coleção de Bichos de Noé ao Luar; cão com garras afiadas negras e reluzentes, morrer é nascer, treme em seus olhos púrpuros, seus vasos sanguíneos frágeis descendo pelas costelas; é, as costelas da *chihuahua*, e as costelas de Tristessa também, lindas costelas, as delas com suas tias em *chiahuahua* também nascidas para morrer, lindas para serem feias, rápidas para estarem mortas, gratas por estarem tristes, loucas para serem tomadas – e a morte de El Indio, nascido para morrer, o homem, então ele aplica a agulha de Sábado à Noite e toda noite é sábado à noite e ele fica louco de esperar, o que mais ele pode fazer – A morte de Cruz, as gotas de religião se derramando sobre seus cemitérios, a boca repugnante plantada

o cetim do caixão da terra... Gemo tentando recuperar toda aquela magia, recordo de minha própria morte *iminente*, "Se apenas eu tivesse o eu mágico da primeira infância quando me lembrei como era antes de eu nascer, não me preocuparia mais com a morte agora que sei que as duas são o mesmo sonho vazio" – Mas o que o Galo vai dizer quando morrer, e alguém enfiar uma faca em seu pescoço frágil – E a doce Galinha, aquela que come um glóbulo de cerveja dos pés de Tristessa, seu bico fechando-se como lábios humanos sorvem o leite da cerveja – quando ela morrer, doce galinha, Tristessa que a ama vai salvar seu osso da sorte e embrulhá-lo em pano vermelho e vai guardá-lo entre seus pertences, não obstante a doce Mãe Galinha de nossa Noite de Arca de Noé, ela a provedora dourada que remonta tão longe que você não consegue encontrar o ovo que a impulsionou para fora rompendo a primeira casca original, eles vão abrir caminho no rabo dela com serras tico-tico e fazer carne moída dela, que você passa por um moedor de metal de manivela, e você iria se perguntar por que ela também treme de medo do castigo? E a morte do gato, o ratinho morto na sarjeta com o rosto retorcido – Eu gostaria de poder comunicar a todos os seus medos da morte combinados o Ensinamento de Séculos de Idade que escutei, que redime toda a dor com uma recompensa suave de amor perfeito silencioso que permanece pra cima e para baixo e para dentro e para fora de todos os lugares passados, presentes e futuros no Vazio desconhecido onde nada acontece e tudo é simplesmente o que é. Mas eles mesmos sabem disso, besta e chacal e mulher amor, e meu Ensinamento de Séculos na verdade é tão velho que eles já o ouviram há muito tempo antes de minha época.

Fico deprimido e preciso ir para casa. Todos nós, *nascidos para morrer.*

Preciso da explicação brilhante da clareza de cristal de todos os Mundos para mostrar que ficaremos todos bem – A medida de máquinas robôs dessa vez é um tanto irrelevante, talvez todas as vezes – O fato de Cruz cozinhar em um fogão de querosene fumarento grandes caçarolas cheias de carne*, carne-geral de um novilho inteiro, pedaços de vitela, pedaços de tripa de vitela e miolos de novilho e ossos de testa de novilho... isso jamais mandaria Cruz para o inferno porque ninguém disse a ela para parar a chacina, e mesmo se alguém tivesse feito isso, Cristo ou Buda ou o Santificado Maomé, ela ainda estaria segura contra qualquer mal – apesar de, para Deus, o novilho, não –

O gatinho mia apressado por carne – ele mesmo um pedaço de carne agitado – espírito devora espírito no vazio geral.

"PARA DE RECLAMAR!" grito para o gato quando ele corre pelo chão e, finalmente, pula e se junta a nós na cama – A galinha está esfregando seu corpo longo e emplumado gentilmente, de maneira imperceptível, contra a ponta de meu sapato e eu mal posso sentir e olhar a tempo de reconhecer, que toque gentil de Mão Maia – Ela é a Galinha Poedeira mágica sem origem, a galinha sem limites com a cabeça cortada – O gato mia com tamanha violência que eu começo a me preocupar pela galinha, mas não, o gato está apenas meditando agora em silêncio sobre um pedaço de cheiro no chão, e faço o coitadinho vibrar, um ronronar nos ombros magros e grudentos com a ponta de meu dedo – Hora de ir embora, já afaguei o gato, me despedi de Deus a

* Em espanhol no original. (N.T.)

Pomba, e quero deixar a cozinha hedionda em meio a um sonho dourado perverso – Tudo está acontecendo em uma mente vasta, nós na cozinha, não acredito em uma palavra disso ou em qualquer pedaço substancial de carne vazia de átomos, vejo através disso, através das formas carnais (galinhas e tudo mais) para a brancura do futuro de ametista reluzente da realidade – Estou preocupado mas não satisfeito – "fuu", digo, e o galo olha para mim, "o que ele quer dizer com fuu?" e o galo prossegue: "Có Coró Có" uma manhã de domingo de verdade (que já é, agora, às duas da manhã) Protesto com veemência e vejo os cantos marrons da casa de sonho e me lembro da cozinha escura de minha mãe há muito tempo em ruas frias na outra parte do mesmo sonho como essa cozinha fria atual com suas panelas embaixo de goteiras e horrores da Cidade do México Indígena – Cruz tenta debilmente me dar boa-noite quando me preparo para ir, eu a afaguei várias vezes, um afago no ombro achando que era isso o que ela queria em certos momentos e a tranquilizei dizendo que a amava e estava de seu lado "mas não tinha um lado próprio", minto para mim mesmo – Eu me perguntava o que Tristessa achava dos meus afagos – por um tempo quase achei que ela era sua mãe, em um momento louco eu adivinhei isso: "Tristessa e El Indio são irmão e irmã e eles a estão deixando louca com suas conversas na noite sobre veneno e morfina" – Então eu me dou conta: "Cruz também é uma viciada, usa três *gramos* por mês, estará no mesmo tempo e na mesma antena de seu sonho problemático, gemendo e rugindo os três vão passar o resto de suas vidas doentes. Vício e sofrimento. Como doenças de loucos, encefalites insanas por dentro do cérebro onde você destrói sua saúde de propósito para agarrar uma sensação de débil satisfação química que não tem qualquer base em coisa alguma além da mente-pensante – Gnose, eles sem dúvida vão mudar para mim no dia em que tentarem me impor a morfina. E a você".

Apesar de o pico ter me feito algum bem e eu desde então não ter tocado a garrafa, uma espécie de exausta satisfação abateu-se sobre mim colorida com uma força selvagem – a morfina amainou minhas preocupações mas eu prefiro não tomá-la devido à fraqueza que traz a minhas costelas – Elas vão acabar esmagadas – "Depois disso não vou mais querer morfina", prometo, e tenho um desejo ardente de me afastar de todo o papo sobre morfina que, depois de escutá-lo esporadicamente, acabou por me enfastiar.

Levanto-me para partir, El Indio vai comigo, me conduz até a esquina, apesar de no início ele discutir com elas como se quisesse ficar ou se quisesse algo mais – Saímos depressa, Tristessa fecha a porta às nossas costas, nem mesmo dou para ela um olhar íntimo, apenas uma olhadela quando ela fecha para indicar que irei vê-la depois – El Indio e eu andamos vigorosamente pelas veredas chuvosas e cheias de limo, entramos à direita, e cortamos para a rua do mercado, já comentei sobre o chapéu preto dele, e agora aqui estou eu na rua com o famoso Bastardo Negro – Já ri e disse "Você é igualzinho ao Dave" (o ex-marido de Tristessa) "você até usa o chapéu preto" como eu tinha visto Dave uma vez, em Redondas – na confusão e na turbulência de uma noite quente de sexta-feira com os ônibus em desfile lento e multidões na calçada; Dave entrega o pacote para seu garoto, um vendedor chama o tira, o tira vem correndo, o garoto o devolve para Dave, Dave diz "Está bem, pega y core" e o joga de volta e o garoto acerta a lateral de um ônibus que voava e pendura-se no meio da multidão com suas tripas e seu corpo pendurados acima da rua e seus braços segurando rigidamente a barra da porta do ônibus, os tiras não alcançam, nesse meio-tempo Dave desapareceu em um bar, removeu seu lendário chapéu preto e sentou ao balcão com outros homens, olhando para a frente – os tiras não encontram – eu admirei Dave por sua coragem, agora admiro El Indio pela *dele* – Quando saímos do cortiço de Tristessa ele assobia e grita para um grupo de homens na esquina, nós andamos e eles se espalham e chegamos na esquina e continuamos andando conversando, não prestei atenção para o que ele fez, tudo o que quero fazer é ir direto para casa – Começou a chuviscar –

"YA VOY DORMIENDO, vou dormir agora" diz El Indio juntando as palmas das mãos em torno da boca – digo "Está bem" então ele faz mais uma declaração elaborada eu acho que repetindo em palavras o que eu tinha dito antes por sinais, não consigo demonstrar uma compreensão completa de sua nova afirmação, ele desapontado diz "Yo un untiende" (você não entende) mas eu compreendo que ele quer ir para casa e para a cama – "Está bem" digo – Apertamos as mãos – Então passamos por uma rotina masculina elaborada de sorrisos nas ruas, na verdade sobre as pedras quebradas do calçamento de Redondas –

Para tranquilizá-lo dou um sorriso de despedida e começo a andar mas ele continua olhando com atenção cada movimento do meu sorriso e de minhas pestanas, não consigo me virar com um olhar malicioso arbitrário, quero sorrir para ele quando estiver a caminho, ele responde com os próprios sorrisos igualmente elaborados e psicologicamente corroborativos, trocamos muita informação entre nós com sorrisos loucos de despedida, e então, no limite de sua tensão, El Indio tropeça em uma pedra, e lança ainda um outro sorriso de despedida tranquilizador que encobriu o meu, parecia não haver mais final à vista, mas cambaleamos em nossas direções opostas como se relutássemos – uma relutância que dura um segundo breve, o ar fresco da noite atinge sua solidão recém-nascida e você e seu Indio partem em um novo homem e o sorriso, parte do antigo, é removido, não *necesita* mais – Ele vai para sua casa, eu para a minha, por que sorrir disso a noite inteira a menos que tenha companhia – A tristeza do mundo com educação –

DESÇO A RUA TURBULENTA de Redondas, embaixo de chuva, ainda não está forte, eu abro caminho e sigo me esquivando por entre a confusão de atividade com putas às centenas enfileiradas ao longo dos muros da Panamá Street em frente a seus bordéis onde a grande

Mamacita está sentada perto da panela de porco da cocina, quando você vai embora ela pede um dinheirinho pelo porco que também representa a cozinha, o rango, *cocina* – Os táxis vão passando, conspiradores buscam sua escuridão, as putas escondidas na noite com seus dedos curvados de Venha, homens jovens passam e as examinam com um olhar, de braços dados em multidões os jovens mexicanos da Casbah descem juntos sua rua principal de garotas, cabelo jogado sobre os olhos, bêbados, borrachos, morenas de pernas longas em vestidos amarelos apertados os agarram e provocam suas pélvis, e puxam suas lapelas, e imploram – o bambolear dos garotos – os tiras passam pela rua preguiçosos, como bonequinhos em carrinhos pequenos que seguem invisíveis embaixo da calçada – Uma olhada pelo bar onde as crianças bocejam e uma pelo bar de garotos de programa de bichas onde heróis aracnídeos dançam como putas em seus suéteres de gola rulê para anciãos críticos reunidos de 22 – olhe pelos dois buracos e veja o olho do criminoso, criminoso no paraíso. – Abro caminho, curtindo a cena, balanço a bolsa com a garrafa, viro-me para lançar alguns olhares provocadores para as putas enquanto caminho, elas me enviam ondas sonoras estereotipadas de desprezo e praguejam embaixo de seus umbrais – Estou faminto, começo a comer o sanduíche de El Indio que ele me deu e que no início pensei em recusar para deixar para o gato mas El Indio insistiu que era um presente para mim, então eu exposto de peito aberto em um enlevo delicado enquanto ando pela rua – ao ver o sanduíche começo a comê-lo – termino, enquanto passo correndo, tento comprar tacos, de qualquer tipo, em qualquer barraquinha onde eles gritam "Joven!" – compro fígados fedorentos de salsichas cortadas dentro de cebolas negras brancas fumegando em gordura quente que estala sobre o fogareiro feito de um para-lama invertido – Belisco os calores e os molhos apimentados e acabo devorando bocados inteiros de fogo e sigo correndo – ainda assim eu compro outro, depois, dois, de uma feia carne de vaca picada sobre um bloco de madeira, parece que com cabeça e tudo, pedaços de nervos e cartilagem, tudo misturado junto em uma tortilla esquálida e devorada com sal, cebolas e folhas verdes – tudo picado – um sanduíche delicioso quando você encontra uma barraquinha boa. – As barraquinhas são 1, 2, 3 em fila por quase um quilômetro da rua, iluminadas tragicamente por velas e lâmpadas fracas e lanternas estranhas, todo o México uma Aventura Boêmia no grande platô ao ar livre da noite de pedras, velas e neblina – Passo pela Plaza Garibaldi, o lugar mais cheio de polícia, multidões estranhas agrupadas em ruas estreitas em torno de músicos silenciosos que só mais tarde e de longe você escuta corneteando depois da esquina – Marimbas vibram nos bares grandes – Homens ricos, homens pobres, em chapéus de abas largas se misturam – Saem de portas de vaivém cuspindo pedaços de charuto e batendo mãos grandes nos quadris como se estivessem prestes a mergulhar em um riacho gelado – culpados – Subindo as ruas laterais, ônibus mortos gingam por entre poças de lama, manchas de vestidos de puta amarelos e impetuosos no escuro, grupos encostados contra a parede amantes da adorável noite mexicana – Garotas bonitas passam, de todas as idades, e todos os *Gordos* cômicos e eu viramos as cabeças grandes para vê-las, são bonitas demais para aguentar –

Passo embalado pelo Correio, atravesso a parte baixa da Juarez, o Palácio das Belas-Artes afundando ali perto – arrasto a mim mesmo até San Juan Letran e me ponho a andar quinze quadras dela passando rápido por lugares deliciosos onde eles fazem churros e cortam pra você pedaços salgados açucarados e amanteigados de um sonho fresco e quente tirado da cesta engordurada, que você come logo olhando para a noite peruana dos seus inimigos na calçada adiante – Todos os tipos de gangues loucas estão reunidas, líderes chefes satisfeitos ficando altos com a liderança da gangue usam chapéus de esqui escandinavos alucinados por cima de sua parafernália de malandro e corte de cabelo pachuco* – Outro dia aqui passei por uma gangue de crianças em uma sarjeta seu líder vestido como um palhaço (uma meia de náilon na cabeça) e círculos grandes pintados em torno dos olhos, as crianças pequenas o haviam imitado e tentavam roupas de palhaço parecidas, aquilo tudo cinzento com os olhos enegrecidos com riscos brancos, como as roupas coloridas de seda dos jóqueis de grandes pistas de corrida a ganguezinha de heróis pinoquianos (e de Genet) com sua parafernália nos meios-fios,

* Como eram chamados os jovens imigrantes mexicanos nos Estados Unidos nos anos 1950, com penteados e roupas extravagantes. (N.T.)

um menino mais velho zombando do Herói Palhaço "Que palhaçada é essa, Herói Palhaço? – Não tem Paraíso em lugar nenhum?" "Não existe um Papai Noel dos Heróis Palhaços, menino maluquinho" – Outros grupos meio *hipsters* se escondem diante dos bares e boates com música e barulho lá dentro, eu passo por ali rapidamente com um olhar fugaz de Walt Whitman e absorvendo toda aquela informação – Começa a chover mais forte, tenho uma longa distância para caminhar e me arrastar com essa perna machucada bem no meio da chuva que se acumulava, sem qualquer chance ou intenção de pegar um táxi, o uísque e a morfina me deixaram mais tranquilo pela náusea do veneno em meu coração.

QUANDO VOCÊ NÃO tem mais números no Nirvana então não vai mais haver algo como "inumerável" mas as multidões na San Juan Letran pareciam inumeráveis – Eu falo "Conte todos esses sofrimentos daqui até o fim do céu infinito que não é céu e veja quantos você pode somar para fazer um número que impressione o Chefe das Almas Mortas na Fábrica de Carne na cidade Cidade CIDADE todos eles sofrendo e nascidos para morrer, meditando nas ruas às duas da manhã sob aqueles céus imponderáveis" – sua infinitude enorme, a vastidão do platô mexicano distante da Lua – vivendo mas para morrer, sua canção triste que às vezes escuto no meu telhado no bairro de Tejado, minha cela no telhado, com velas, à espera do meu Nirvana ou de minha Tristessa – nenhum chega, ao meio-dia ouço

"La Paloma" tocada em rádios mentais nos vãos entre as janelas dos cortiços – o menino maluco da porta ao lado canta, o sonho está acontecendo agora mesmo, a música é tão triste, as trompas pulsam, os violinos lamentando-se altos e o bracataca-tracacaca do apregoador Hispano Indio. Vivendo mas para morrer, esperamos aqui nesta prateleira, e lá em cima no céu está todo aquele caramelo de ouro aberto, abra minha porta – o céu é o Sutra de Diamante.

Eu sigo avançando bêbado e insensível, com os pés dando chutes acima da camada de óleo vegetal Tehuantepec sobre a calçada, calçadas verdes, cheias de vermes da escória invisíveis quando não estão doidões – mulheres mortas escondidas em meu cabelo, passando por baixo do sanduíche e da cadeira – "Você está maluco!" grito em inglês para as multidões "Vocês não sabem que diabos estão fazendo nesta torre de sino com a corda que balança ao movimento do titereiro de Magadha, Mara, a Tentadora, insana... E você todo águia e caça e compra – Você meio bêbado e se surpreende e mente – Seus pobres camaradas protetores escorrendo por entre o desfile suculento de Sua Noite na Rua Principal e você não sabe que o Senhor organizou tudo à vista. Incluindo sua morte. E nada está acontecendo. Não sou eu, você não é você, os inumeráveis eles não são eles, e Um Eu Incontável não existe tal coisa."

Rezo aos pés do homem, à espera, como eles.

Como eles? Como homem? Como ele? Não existe Ele. Há apenas a palavra divina indizível. Que não é uma Palavra, mas um Mistério.

Na raiz do Mistério a separação de um mundo do outro por uma espada de luz. –

Os vencedores do jogo de beisebol desta noite ao ar livre enevoado perto de Tacabatabavac estão comemorando ruidosamente na rua balançando seus tacos de beisebol para a multidão mostrando como podem rebater bem e a multidão caminha por lá despreocupada porque são crianças não delinquentes juvenis. Eles puxam a aba dos bonés de beisebol para baixo, sobre seus rostos, quando começa a chuviscar, tamborilando com suas luvas eles se perguntam "Será que fiz uma jogada ruim na quinta entrada? Será que não correspondi às expectativas na sétima entrada?"

No fim de San Juan Letran há aquela última série de bares que termina em uma névoa arruinada, terrenos cobertos de adobe quebrado, sem vagabundos escondidos, só mato, sujeira, e a umidade de esgotos e charcos, valas de metro e meio de profundidade nas ruas com o fundo cheio de água – cortiços poeirentos contra a luz da cidade próxima – Olho para as derradeiras portas de bar tristes, onde há lampejos de mulheres, traseiros enfeitados com fitas douradas reluzentes vejo e sinto chegar voando como um passarinho em voo serpenteia. Há crianças na porta em roupas ridículas, a banda emite um cha-cha-cha lamentoso lá dentro, todos balançam os joelhos enquanto dançam e uivam com a música enlouquecida, todo o clube está dançando, *se acabando*, um negro americano que estivesse andando comigo poderia dizer "Esses caras estão viajando com alguma coisa muito doida, estão se divertindo o tempo todo, eles gemem, gastam todo o tempo batendo e batendo por esse *pão*, por essa *garota*, eles estão em pé diante das portas, cara, todos lamentando – sabia? Eles não sabem quando parar. É como Omar Khayan, eu me pergunto se o que os taberneiros compram é pelo menos a metade precioso do que eles que vendem." (Meu garoto Al Damlette.)

Eu desligo nesses últimos bares e começa a chover forte de verdade e ando o mais rápido possível e entro em uma poça grande e saio dela em um pulo todo molhado e pulo pra dentro outra vez e a atravesso – A morfina evita que eu me sinta molhado, minha pele e meus membros estão dormentes – como uma criança quando sai para patinar no inverno, que cai através do gelo, corre para casa com os patins embaixo do braço para não pegar um resfriado, eu continuo a abrir caminho por entre a chuva Pan Americana e acima ouço o rugido gigantesco de um avião da Pan American chegando para aterrissar no Aeroporto da Cidade do México com passageiros vindos de Nova York em busca de encontrar a outra ponta dos sonhos. Olho para cima no meio da chuva e vejo suas caudas soltarem fogo – você não vai me ver aterrissando sobre grandes cidades e tudo o que faço é agarrar o lado do banco e sacudo conforme o piloto nos conduz com habilidade para dentro de um acidente, uma colisão flamejante contra a lateral de armazéns no bairro dos cortiços da Velha Cidade dos

Índios – o quê? Com todos eles rá tá tá com revólveres nos bolsos abrindo caminho por entre meus ossos brumosos à procura de algo feito de ouro, e então os ratos roem você.

Eu prefiro caminhar do que andar de avião, posso cair de cara no chão e morrer assim. – Com uma melancia embaixo do braço. *Mira.*

Chego na maravilhosa Orizaba Street (depois de cruzar grandes parques enlameados perto do Cine México e a rua de bondes lúgubre nomeada em homenagem ao lúgubre general Obregon na noite chuvosa, com rosas no cabelos de sua mãe –) A Orizaba Street tem uma fonte e um lago magníficos em um parque verdejante. A rua faz um círculo em torno deles na forma residencial esplêndida de pedra e vidro e grades antigas e volutas intrincadas de uma majestade adorável que quando são olhadas pela lua se misturam com os mágicos jardins espanhóis interiores de uma arquitetura (se é arquitetura o que deseja) projetada para noites adoráveis em casa. Andaluza na intenção.

A fonte não está jorrando água às duas horas da manhã, como se devesse fazê-lo, embaixo de chuva, e eu andando por ali, sentado em um carrinho sobre trilhos, e passando sobre desvios cor-de-rosa nos subterrâneos da terra como os tiras na ruazinha de putas a 35 quadras atrás e lá perto do centro –

É a noite chuvosa lúgubre que me alcançou – a água escorre de meus cabelos, meus sapatos estão encharcados – mas estou com meu blusão, e ele está empapado pelo lado de fora – mas ele é repelente de chuva – "Por que eu o comprei em Richmond Bank" mais tarde conto extravagâncias sobre ele, em um sonho de criança pequena. – Corro para casa, passo pela padaria onde, às duas da manhã, eles já não fazem mais donuts da madrugada, tranças tiradas de fornos e meladas de xarope e vendidas a você através de uma janela por dois centavos cada, e eu costumava comprar cestos delas em meus dias mais jovens – agora está fechada, a noite chuvosa da Cidade do México do presente não contém rosas e nem donuts quentinhos e frescos e ela é triste e fria. Atravesso a última rua, reduzo o ritmo e relaxo, expirando e tropeçando em meus músculos, agora entro, morte ou não morte, e durmo o sono doce dos anjos brancos.

Mas minha porta está trancada, a minha porta da rua, não tenho a chave dela, todas as luzes estão apagadas, fico ali de pé pingando na chuva sem lugar para me secar e durmo – Vejo uma luz na janela do Velho Bull Gaines e vou até lá e olho surpreso para dentro, vejo só sua cortina dourada, e me dou conta "Se não posso entrar na minha própria casa então vou bater na janela de Bull e dormir na poltrona dele". O que faço. Bato e ele surge de dentro daquele estabelecimento escuro de cerca de vinte pessoas em seu roupão de banho e anda pelo pedacinho de chuva entre o prédio e a porta – chega e abre a porta de ferro. Entro atrás dele – "Não posso ir para minha casa" digo – Ele quer saber o que Tristessa disse sobre amanhã, quando eles conseguirem mais drogas no Mercado negro, o Mercado Vermelho, o Mercado Índio – Então está tudo certo com Old Bull e eu durmo e fico no quarto dele – "Até abrirem a porta da rua às oito horas da manhã", acrescento, e de repente resolvo me enroscar no chão com uma coberta fina, que, assim que me cubro parece um leito macio de lã e fico ali deitado divino, as pernas muito cansadas e as roupas parcialmente molhadas (estou enrolado no grande roupão atoalhado de Old Bull como um fantasma em um banho turco) e toda a jornada na chuva está terminada, tudo o que tenho a fazer é ficar ali deitado no chão sonhando. Eu me enrosco e começo a dormir. No meio da noite, agora, com a lampadazinha amarela acesa, e a chuva caindo com força lá fora, Old Bull Gaines está com as persianas fechadas e fuma um cigarro atrás do outro e não consigo respirar no quarto e ele está tossindo. "Hã-hã!" a tosse seca de viciado, como um protesto, de nariz comprido, de uma beleza estranha e cabelos grisalhos e magro e elegante no seu jeito negligente de pedir uma dose ("estudante de almas e cidades" ele chama a si mesmo) decapitado e bombardeado pela força da morfina – Mas ainda assim com toda a coragem do mundo. Ele começa a comer um doce. Fico ali acordando e percebendo que Old Bull está comendo doce ruidosamente à noite – Todos os lados de seu sonho – Incomodado, olho ansiosamente ao redor e o vejo cumendu e mastigandu doci atrás de doci, que coisa absurda de se fazer às quatro da manhã na cama – Então, às quatro e meia, ele está de pé e ferve umas cápsulas de morfina em uma colher – você o vê, depois que a droga é sugada para dentro e empurrada para fora da seringa, com uma língua grande e satisfeita lambendo para que ele consiga cuspir no fundo enegrecido da colher e ele a esfrega com um pedaço de papel até limpar e deixá-la prateada, usando, para polir de verdade a colher, um pouquinho de cinza – E ele se recosta, começando a sentir, leva dez minutos, um estrondo muscular – por cerca de uns vinte minutos ele pode se sentir muito bem – se não, lá está ele remexendo em sua gaveta e me acordando de novo, está procurando suas bolas – "para ele conseguir dormir".

Para *eu* conseguir dormir. Mas não. Imediatamente ele quer outra dose de alguma coisa, ele levanta e abre sua gaveta e tira um vidro de pílulas de codeína e conta dez delas e as toma, empurradas com um gole de café frio de sua xícara velha que está em cima da cadeira ao lado da cama – e ele resiste à noite, com a luz acesa, e acende mais cigarros – Em algum momento perto do amanhecer ele pega no sono – Eu me levanto após algumas reflexões às 9h ou 8h ou 7h e logo visto minhas roupas molhadas para correr lá para cima para minha cama quente e roupas secas – Old Bull está dormindo, ele finalmente conseguiu, Nirvana, está roncando e está apagado, odeio acordá-lo mas ele terá de se trancar por dentro, com a tranca e a fechadura – está nublado lá fora, a chuva finalmente parou depois de uma pancada mais pesada ao amanhecer. 40.000 famílias ficaram desabrigadas com a enchente na parte noroeste da cidade do México por causa daquela tempestade. Old Bull, longe das enchentes e tempestades com suas agulhas e seus pós ao lado da cama e algodões e seringas e toda a parafernália – "Quando você tem morfina, você não precisa de mais nada, meu caro", ele me diz durante o dia, todo penteado e doidão, sentado em sua poltrona com alguns papéis, o retrato do contentamento saudável – "Eu a chamo de Madame Papoula. Quando você tem ópio, você tem tudo do que precisa. – Todo aquele *O* delicioso corre por suas veias e você tem vontade de cantar Aleluia!" E ele ri. "Se eu tiver que escolher entre a Grace Kelly e a morfina, fico com a morfina."

"A Ava Gardner *também*?"

"A Ava Gvavna e todas as gostosas em todos os países até agora – se eu puder ter minha M da manhã e minha M da tarde e minha M da noite antes de ir para a cama, não preciso nem saber que horas são no Relógio da Prefeitura..." Ele me conta tudo isso e ainda mais, balançando a cabeça com vigor e sinceridade. Seu queixo estremece de emoção. Porque, pelamordedeus, se eu não tivesse droga eu ia me entediar até a morte, ia morrer de *tédio*", reclama ele, quase chorando – "Leio Rimbaud e Verlaine, sei do que estou falando – A droga é a única coisa que quero – Você nunca sentiu a dor de sua falta, não sabe como é – Cara, quando você acorda de manhã passando mal e toma uma boa dose, cara, isso é gostoso. Posso ver a mim e a Tristessa acordando em nosso louco leito nupcial de cobertores e cães e gatos e canários e manchas de porra no lençol e pelados de corpos colados (sob os olhos gentis da Pomba) ela me aplica ou eu me aplico em uma grande dose de veneno colorido direto na carne de seu braço e para dentro de seu sistema que instantaneamente proclama ser *seu* – na solução você sente a fraqueza cair sobre o seu corpo, se sente doente – mas nunca senti a dor da falta da droga, não conheço o horror dessa doença – Uma história que Old Bull poderia contar muito melhor do que eu –

Ele me deixa sair, mas só depois de resmungar e falar atabalhoadamente até conseguir sair da cama – segurando os pijamas e o roupão de banho, encolhendo a barriga onde ela dói, onde algum tipo de hérnia escondida o incomoda – pobre sujeito doente, quase sessenta anos de idade e segurando a onda de suas doenças sem incomodar ninguém – nascido em Cincinatti, crescido nos Barcos a Vapor do Rio Vermelho. (Perna vermelha?* Suas pernas brancas como neve) –

Vejo que a chuva parou e estou com sede e bebi duas xícaras de água de Old Bull (fervida, e guardada em uma jarra) – atravesso a rua em meus sapatos molhados e compro uma Spur-Cola bem gelada e a bebo a caminho do meu quarto – Os céus estão se abrindo, talvez faça sol à tarde, o dia está quase fantástico e atlântico, como um dia no mar, em frente à costa de Firth na Escócia – E brado bandeiras imperiais em meus pensamentos e subo correndo os dois lances de escada até meu quarto, o último lance, um esqueleto de metal em ruínas que range e range em seus pregos, cheio de areia, chego no chão de adobe do telhado, o Tejado, e caminho por pequenas poças escorregadias perto do parapeito do pátio aberto com só meio metro de altura então você pode facilmente cair três andares e rachar o crânio no chão de lajotas vermelhas onde americanos rangem os dentes e discutem às vezes em

* Redlegs eram guerrilheiros do sul durante a Guerra Civil Americana, principalmente do estado do Missouri. (N.T.)

festas barulhentas na madrugada, no lusco-fusco do amanhecer – Eu podia cair, Old Bull quase caiu quando morou um mês no telhado, as crianças sentam sobre a pedra confortável do parapeito de meio metro de altura e conversam e brincam, o dia inteiro correndo em volta daquela coisa e escorregando, e nunca gosto de olhar – Chego ao meu quarto depois de duas curvas do Buraco e destranco meu cadeado que está pendurado em pregos enferrujados meio soltos (uma vez saí e deixei o quarto aberto o dia inteiro) – Entro e bato a porta de madeira úmida com a chuva e a chuva amoleceu a madeira e a porta mal se ajusta no alto – Visto minhas calças secas de vagabundo e duas camisas de vagabundo grandes e vou para a cama com meias grossas e termino com a parada e a deixo sobre a mesa e digo: "Ah", e esfrego minha boca e olho por um instante para os buracos em minha porta que mostram o céu da manhã de domingo lá fora e escuto sinos de igreja lá na alameda Orizaba e as pessoas estão indo para a igreja e vou dormir, compenso isso depois, boa noite.

"ABENÇOADO SENHOR, TU que amas toda a vida sensível."

Por que tenho de pecar e fazer o sinal da cruz?

"Nem um dentre o vasto acúmulo de conceitos, de tempos imemoriais ao presente e até o futuro infinito, nenhum deles é atingível."

É a velha questão de "Sim, a vida não é real" mas você vê uma mulher bonita ou algo que não consegue parar de desejar porque está ali na sua frente – Essa mulher bonita de 28 anos em pé à minha frente com seu corpo frágil ("Eu vos ponho em meu pescoço [um peitilho] para que ninguém olhe e veja meu belo corpo," ela não se considera bonita) e aquele rosto tão expressivo, de dor e beleza que sem dúvida ajuda na construção deste mundo fatal – um belo alvorecer, que faz você parar nas areias e olhar para o mar ouvindo em seus pensamentos a Música do Fogo Mágico de Wagner – a fisionomia frágil e santificada da pobre Tristessa, a bravura trêmula de seu corpinho consumido pela droga que um homem podia jogar três metros para o alto – o fardo da morte e da beleza – uma Forma inteiramente pura diante de mim, todos os abalos e torturas da beleza sexual, os seios, que afloram no corpo, toda aquela carne de mulher boa de abraçar, algumas delas de um metro e oitenta de altura, e dormir sobre suas barrigas à noite como um cochilo em uma margem onírica de mulher – Como Goethe aos oitenta, você conhece a futilidade do amor e dá de ombros – Você dá de ombros para o beijo quente, a língua e os lábios, o puxão na cinturinha fina, toda aquela coisa quente e flutuante contra você, abraçando apertado – a mulherzinha – pois os rios correm e os homens caem das escadas – Os dedos magros marrons e frios de Tristessa, lentos e despreocupados e preguiçosos, como o encontro dos lábios – A Noite Espanhola de Tristessa de seu profundo buraco do amor, as touradas em seus sonhos com você, a rosa preguiçosa e molhada contra a face lânguida – E toda a beleza concomitante de uma mulher linda que um homem jovem em um país distante devia desejar satisfazer – Eu estava viajando em círculos na América do Norte em meio a uma tragédia sombria.

Fico ali olhando para Tristessa, ela veio me visitar em meu quarto, ela não quer sentar, fica em pé, falando – à luz da vela está animada e ansiosa e bela e radiante – Eu me sento na cama e olho para o chão de pedra enquanto ela fala – Nem sequer escuto o que ela diz, sobre droga, Old Bull, como está cansada – "Tenho que fazer issu *amanhan* – AMANHAN –" Ela me cutuca com a mão para enfatizar, até que eu diga "É, é, isso mesmo", e ela continua com sua história, que eu não entendo – Simplesmente não posso olhar para ela por medo dos meus pensamentos – Mas ela cuida de tudo isso para mim, ela diz "É, é doloroso –" Eu digo "La Vida es dolor" (a vida é dor), ela concorda, diz que a vida também é amor. "Quando você tem um milhão de pesos eu não me importo quantos, não importam" – diz ela, apontando para minha parafernália de escritos com capa de couro e envelopes da Sears Roebuck com selos e envelopes de cartas dentro – como se eu tivesse um milhão de pesos escondidos na hora no meu chão – "Um milhão de pesos não importam – mas quando você tem o amigo, o amigo dá isso pra você na cama", diz ela, as pernas um pouco afastadas, movendo os quadris no ar na direção de minha cama para mostrar como um ser humano é melhor do que um milhão de pesos de papel – Penso na doçura inexplicável de receber essa amizade sagrada do corpo doente sacrificial de Tristessa e quase sinto vontade de chorar ou de agarrá-la e beijá-la – Sou assomado por uma onda de solidão, que me recorda amores passados e corpos em camas e a ondulação irresistível quando você entra em sua profundeza adorada e todo o mundo vai com você – Apesar de sabermos que Mara a Tentadora é má, seus campos de tentação são inocentes – Como Tristessa, ao despertar paixão em mim, pode ter algo a ver, exceto como um campo de batalha ou como uma simplória inocente ou uma testemunha material de minha luxúria assassina, como ela pode ser culpada e como pode ser mais doce do que ali de pé me explicando meu amor diretamente com a pantomima de suas coxas. Ela está doidona, fica mexendo na lapela de seu quimono (por baixo aparece a combinação) e tenta prender o imprendível a um botão inexistente do casaco. Olho no fundo de seus olhos, querendo dizer "Você seria minha amiga desse jeito?" e ela olha direto para mim em poços de nem isso nem aquilo, sua combinação de relutância em romper com as conveniências de sua repugnância pessoal que encontra ainda por cima abrigo na Virgem Maria, e seu amor de me deseje sorte, a torna tão misteriosa quanto Tathagatha cuja forma é descrita como inexistente, mais inescrutável que o lugar para onde vai todo o fogo que é apagado. Não consigo um sim ou um não de seus olhos no tempo que dedico a eles. Muito nervoso, eu me sento, levanto, sento, ela continua de pé explicando outras coisas. Estou impressionado com a maneira como a pele dela se enruga para fazer um O com tanta delicadeza abaixo de seu nariz em linhas ainda mais nítidas, e seu risinho de prazer que surge tão raramente, com um jeitinho de menininha, uma criança alegre. – Será meu pecado se eu passar uma cantada nela.

Quero tomá-la com as duas mãos pela cintura e puxá-la devagar para perto com poucas palavras bem escolhidas de ternura súbita como "Mi gloria angela" ou "Mi qualquer coisa" mas não tenho linguagem para encobrir meu embaraço – Pior de tudo seria com que ela me empurrasse para o lado e dissesse "No, no, no", como os heróis de bigodes desapontados dos filmes franceses sendo dispensados pela esposa loura do guarda-freios, perto de uma cerca, com fumaça, à meia-noite, nos pátios das ferrovias francesas, e eu viro o rosto de amante em dor e peço desculpas – movendo-me dali com a sensação de que tenho um rasgo bestial em mim que eu não havia percebido, conceitos comuns a todos os jovens apaixonados e velhos também. Não quero deixar Tristessa desgostosa – Eu ficaria horrorizado de incomodar seus segredos ternos de pétalas arruinadas de carne e em saber que acorda de manhã aninhada contra as costas de algum homem indesejado que ama à noite e depois dorme, e acorda berrando antes de se barbear e sua própria presença causa consternação onde antes havia a pureza perfeita e absoluta de ninguém.

Mas o que perdi quando não recebi aquele mergulho amigo do corpo do amante, que vem direto para mim, todo meu, mas era um matadouro por carne e tudo o que você faz está destinado a provocar estragos em uma meninice em que algo terá de ceder. – Quando Tristessa tinha doze anos, velhos pretendentes torceram seu braço sob o sol em frente à porta da cozinha da mãe – Já vi isso um milhão de vezes, no México os rapazes querem as garotas – Sua taxa de natalidade é fantástica – Eles os produzem gemendo e morrendo às toneladas douradas em tonéis parecidos com barris de vinho no Velho Berço de Tóquio. – Eu agora perdi o fio de meu pensamento –

É, as coxas de Tristessa e a carne dourada, todos meus, o que eu sou, um homem das cavernas? Sou um homem das cavernas.

Um homem das cavernas enterrado fundo no chão.

Apenas a coroa de sua boca na face pulsante, e minha lembrança de seus olhos esplêndidos, como se estivesse sentada em um camarote a adorável última moda na França e começa a orquestra barulhenta e eu me viro para o Monsieur ao meu lado e sussurro "Ela é *splendide*, non?" – Com uísque Johnny Walker no bolso do paletó do meu smoking.

Eu me levanto. Preciso vê-la.

A POBRE TRISTESSA está ali oscilante enquanto explica todos os seus problemas, como não tem dinheiro suficiente, ela está passando mal, vai continuar a passar mal de manhã e eu percebi em seu olhar o gesto de uma sombra de aceitação da ideia de mim como seu amante – A única vez em que vi Tristessa chorar foi quando ela estava em um bode terrível na beira da cama de Old Bull, como a mulher no último banco de uma igreja na novena diária ela esfrega os olhos – Ela aponta para o céu outra vez, "Se meu amigo não me pagar", diz olhando direto para mim, "meu Senhor me paga – *mais*" e eu sinto o espírito adentrar no quarto enquanto ela está ali de pé, esperando com o dedo apontado para cima, sobre as pernas afastadas, confiante, pois seu Senhor irá pagá-la – "Entaun eu doo todo o que tenho pro meu amigo e si ele naun me pagar" – ela dá de ombros – "Meu Senhor me paga" – está alerta outra vez – "*Mais*" e conforme o espírito flutua ali pelo quarto eu percebo todo o horror lúgubre daquilo (sua recompensa é tão pequena) agora vejo irradiar da coroa de sua cabeça mãos incontáveis que chegaram de todos os dez cantos do Universo para abençoá-la e declará-la Bodhisat por dizer e conhecer tão bem.

Sua iluminação é perfeita – "E não somos nada, você e eu", – ela cutuca meu peito, "Jew – Jew " *(jeito mexicano de dizer "You")* "e eu" – apontando para si mesma – "Não somos *nada.* Podemos morrer amanhan, por isso não somos nada –" Concordo com ela, sinto a estranheza dessa verdade, sinto que somos duas almas vazias de luz, ou como fantasmas em velhas histórias de casa assombrada, diáfanos, preciosos e brancos e ausentes – Ela diz "Eu sei que você quer dormir".

"Não não", digo ao ver que ela quer ir embora.

"Eu preciso de ir dormir, dimanhan cedu vou ver o cara e descolar a morfina e voltu pra encontrar o Old Bool" – e como somos nada*, nada, esqueço o que ela disse sobre amigos completamente perdidos na beleza de sua estranha imaginação inteligente, tudo absolutamente verdadeiro – Ela é um anjo, penso em

* Em espanhol no original. (N.T.)

segredo, e a acompanho até a porta com os braços em movimento enquanto ela se inclina na direção da porta e fala enquanto vai embora – Tomamos cuidado para não tocar um no outro – Eu estremeço, certa vez pulei um quilômetro quando seu dedo tocou meu joelho em conversas, sentados em cadeiras – na primeira tarde em que eu a vira de óculos escuros, na janela banhada pelo sol da tarde, perto da luz de uma vela acesa pelo barato, os baratos perversos da vida, fumegante, como a dona, a donzela de Las Vegas, ou a Heroína Revolucionária do México de Marlon Brando Zapata – com heróis de Culiacan e tudo mais – Foi então que ela me pegou – No espaço dourado da tarde a aparência, a beleza pura, como seda, as crianças rindo, eu enrubescido, na casa do cara onde descobrimos Tristessa pela primeira vez e começamos tudo isso – Sympaticus Tristessa com seu coração de portão dourado, que eu no início achava que era uma encantadora do mal – Eu tinha esbarrado com uma santa no México Moderno e aqui estava eu fantasiando sonhos e mais sonhos sobre ordens predeterminadas por nada e traições necessárias – a traição do velho pai quando usa uma artimanha para seduzir os três moleques enlouquecidos que brincam e gritam na casa em chamas "Vou dar para cada um de vocês seu carrinho favorito", eles saem correndo atrás dos carrinhos, e ele lhes dá o Grande Carrinho Incomparável e Elevado Veículo de um Único Novilho Branco que eles são jovens demais para apreciar – com aquele comando do Grandecarro, ele me fizera uma oferta – Olho para a perna de Tristessa e resolvo evitar a questão de destino e descanso além do paraíso.

Faço brincadeiras com seus olhos fabulosos e ela quer estar em um mosteiro.

"Deixe Tristessa em paz" digo, de qualquer jeito, como se dissesse "Deixa o gato em paz, não o machuque" – e abro a porta para ela, para podermos sair, à meia-noite, de meu quarto – Levo na mão, aos tropeções estranhos, uma grande lanterna de guarda-freios para iluminar seus passos quando descemos os degraus perigosos, é desnecessário dizer, ela quase tinha caído quando subiu, ela gemeu, reclamou enquanto subia, ela sorriu e desceu com passinhos miúdos e a mão na saia, com aquela lentidão linda e majestosa de mulher, como uma ninfeia chinesa.

"Não somos nada."

"Podemos morrer amanhã."

"Não somos nada."

"Você e eu."

Eu acompanho-a educadamente com a lanterna até a rua, onde chamo um táxi branco para levá-la para casa.

Desde tempos imemoriais e adentrando o futuro sem fim, os homens amaram mulheres sem dizer a elas, e o senhor os amou sem dizer, e o vazio não é o vazio porque não há nada para ser esvaziado.

Estás aí, Senhor estrela? – Suave é o chuviscar que perturbou minha calma.

PARTE DOIS

Um ano mais tarde...

NUNCA É SUAVE o chuviscar que não perturbou a calma – Não contei a ela que a amava mas quando fui embora do México comecei a pensar nela e então e comecei a dizer a ela que a amava em cartas, e quase fiz, e ela escreveu, também, belas cartas em espanhol, dizendo que eu era doce, e por favor, volte logo – Voltei correndo tarde demais, eu devia ter voltado na primavera, quase voltei, não tinha grana, só cheguei até a fronteira do México e senti aquela ânsia de vômito do México – segui para a Califórnia e vivi em um barraco com jovens visitantes tipo monge budista todos os dias e segui para o norte até Desolation Peak e passei um verão rústico na natureza, comia e dormia sozinho – disse, "Logo vou voltar para os braços quentes de Tristessa"– mas esperei tempo demais.

Oh, Senhor, por que fizeste isso com teus próprios anjos, essa vida malograda, essa cena maltrapilha argh cheia de vômito e ladrões e morte? – não poderias ter-nos posto em um paraíso desolador onde tudo fosse alegre a qualquer preço? – És masoquista, Senhor, és o Doador Índio, és aquele que Odeia?

Estava finalmente de volta ao quarto de Bull depois de uma viagem de seis mil quilômetros desde o pico da montanha perto do Canadá, uma viagem por si só terrível o suficiente, não merece mais discussões – e ele saiu e a buscou.

Ele já havia me avisado: "Não sei qual o problema com ela, ela mudou nas últimas duas semanas, mesmo na *semana passada* –"

"É por que ela sabia que eu estava para chegar?" – pensei sombriamente –

"Ela tem uns acessos e joga xícaras de café na minha cabeça e perde meu dinheiro e cai pela rua –"

"Qual o *problema* com ela?"

"Bolas. Tranquilizantes. – Disse a ela para não tomar demais – Você sabe como só um viciado velho, com muitos anos de experiência, sabe lidar com pílulas para dormir – ela não escuta, ela não sabe usar direito, toma três, quatro, às vezes cinco, uma vez, doze, não é mais a mesma Tristessa – O que quero fazer é *casar* com ela e conseguir minha cidadania, sabe. Você acha uma boa ideia? – Afinal de contas, ela é minha vida, sou a vida dela –"

Percebi que Old Bull tinha se apaixonado – por uma mulher que não se chamava Morfina.

– Eu nunca a toco – é só um casamento de conveniência – você sabe o que estou falando – Eu não consigo descolar as paradas sozinho no mercado negro, eu não sei como, preciso dela e ela precisa do meu dinheiro.

Bull recebia US$ 150 por mês de um fundo de pensão feito por seu pai antes de morrer – seu pai o amara, e eu sabia por que, pois Bull é uma pessoa doce e terna, apesar de ter um pouquinho de presidiário, por anos em Nova York ele sustentou seu vício roubando uns US$ 30 por dia, durante vinte anos – Foi preso algumas vezes quando eles o pegavam com a mercadoria errada – na cadeia, ele era sempre o bibliotecário, é um grande erudito, de muitas maneiras. Com um interesse maravilhoso por história e antropologia e tudo relacionado com a poesia simbolista francesa, acima de tudo Mallarmé – Não estou falando do outro Bull, que é o grande escritor que escreveu *Junkey* – Este é outro Bull, mais velho, quase sessenta, escrevi poemas em seu quarto durante todo o verão passado quando Tristessa era *minha, minha*, e eu não a tomava – Tinha alguma noção ascética ou celibatária idiota de que eu não devia tocar em uma mulher – Meu toque poderia tê-la salvo –

Agora tarde demais –

Ele a traz para casa e logo vejo que há algo errado – Ela chega e entra cambaleante de braços com ele e dá um sorriso leve (graças a Deus por isso) e estende os braços rigidamente, não sei o que fazer e seguro seus braços no ar, "Qual o problema com Tristessa, ela está doente?"

"Ela ficou o mês passado inteiro com uma perna paralisada e seus braços ficaram cobertos de cistos. Olha, no mês passado, ela foi uma garota muito doente."

"Qual o problema com ela agora?"

"Psst – deixe ela sentar –"

Tristessa está me segurando e aos poucos aproxima seu lindo rosto moreno do meu, com um sorriso precioso, e finjo quase deliberadamente ser o americano confuso –

Olhe, eu ainda vou salvá-la –

O PROBLEMA É, o que eu faria com ela depois de conquistá-la? – é como ganhar um anjo no inferno e você tem é autorizado a descer com ela para onde é pior ou para onde talvez haja luz, alguma, lá embaixo, talvez eu esteja maluco –

"Ela está pirando", diz Bull, "essas bolas fazem isso com todo mundo, com você, qualquer pessoa."

Na verdade, duas noites mais tarde o próprio Bull tomou demais e comprovou isso –

O problema dos viciados, abençoados os viciados em narcóticos, é conseguir a parada – Veem recusas por todos os lados, estão permanentemente infelizes – "Se o governo me desse morfina o suficiente todos os dias, eu seria totalmente feliz e teria a maior disposição de trabalhar como enfermeiro em um hospital – Cheguei a mandar minhas ideias sobre o assunto para o governo, em uma carta em 1938 enviada de Lexington, na qual dizia que era possível resolver o problema dos narcóticos botando os viciados para trabalhar, com suas doses diárias, na limpeza do metrô, qualquer coisa, como qualquer outra pessoa doente – Como os alcoólatras, eles precisam de remédio –"

Não me lembro de tudo o que aconteceu exceto pela noite passada tão profética, tão horrível, tão triste e louca – Melhor fazer isso assim, por que ficar valorizando?

TUDO COMEÇOU QUANDO Bull ficou sem morfina. Estava mal e tomou umas bolas demais (secanol) para compensar a falta de morfina, por isso fica agindo como um bebê, desleixado, como se estivesse senil, não tão ruim quanto na noite em que dormiu em minha cama no telhado porque Tristessa tinha pirado e estava quebrando tudo no quarto dele e batendo nele e caindo de cabeça no chão. Ela tinha comprado as bolas em uma farmácia, Bull não dava mais para ela – As senhorias ansiosas estão gritando na porta, achando que nós a estamos espancando, mas é ela quem está nos dando uma surra –

As coisas que ela me disse, o que ela realmente pensava de mim, agora vieram à tona, um ano mais tarde, um ano tarde demais, e tudo o que eu devia ter feito era *contar a ela* que eu a amava – Ela me acusou de ser um maconheiro sujo, me expulsou do quarto de Bull, tentou me bater com uma garrafa, tentou pegar minha bolsa de tabaco e ficar com ela, precisei lutar com ela – Bull e eu escondemos a faca de pão embaixo do tapete – Ela fica ali sentada no chão como um bebê idiota, dizendo palavras sem sentido para os objetos – Ela me acusa de tentar fumar maconha tirada da minha bolsa de tabaco mas é apenas fumo Bull Durham para enrolar cigarros porque os cigarros comerciais têm um produto químico neles para mantê-los firmes que prejudicou minhas veias e artérias flebíticas sensíveis –

Então Bull está com medo que ela o mate à noite, não conseguimos tirá-la de lá, antes (há uma semana) ele tinha chamado a polícia e as ambulâncias e nem eles conseguiram tirá-la de lá, México – Então ele vai dormir na cama de meu quarto novo, com lençóis limpos, se esquece que já tomou duas bolas e manda mais duas e aí fica cego, não consegue achar os cigarros, tateia e derruba tudo, mija na cama, derruba o café que levo para ele, eu tenho que dormir no chão de pedra entre percevejos e baratas, eu, mal-humorado, o insulto a noite inteira: "Olhe só o que você fez com minha cama limpinha".

"Não posso evitar – preciso achar outra cápsula – Isto é uma cápsula?" Ele segura um palito de fósforos e acha que é uma cápsula de morfina. "Me dá sua colher" – Ele vai fervê-lo e se picar – meu Deus – Ao amanhecer, na hora cinzenta, ele finalmente vai embora para seu quarto aos tropeções. Leva todas as suas coisas, incluindo uma Newsweek que ele nunca poderia ter lido – Derramo as latas de mijo na privada. Está totalmente azul, como o azul de Sir Joshua Reynolds. Penso: "MEU DEUS, ele deve estar morrendo!" mas depois descobri que eram latas de anil – Enquanto isso, Tristessa tinha dormido e estava se sentindo melhor e de alguma forma eles saíram e descolaram suas doses e no dia seguinte ela voltou batendo na janela de Bull, pálida e linda, já não era mais uma feiticeira asteca, pedindo desculpas com ternura –

"Ela vai voltar a tomar bola de novo em uma semana", diz Bull – "Mas eu não vou mais dar para ela" – ele engole uma –

"Por que *você toma*?!" grito.

"Porque eu sei como, eu sou viciado há quarenta anos."

Então chegou a noite fatal –

Eu já tinha arranjado um táxi e uma vez na rua disse a Tristessa que a amo – "Yo te amo" – Sem resposta – Ela mente para Bull e conta a ele que eu fiz a proposta para ela dizendo "Você já dormiu com muitos homens, por que não dormir comigo?" – Eu jamais disse tal coisa, apenas "Yo te amo" – Porque eu a amo – Mas o que fazer com ela – Ela não costumava mentir antes das bolas – Na verdade costumava rezar e ir à igreja –

Desisti de Tristessa e esta tarde, com Bull passando mal, tomamos um táxi para ir até os cortiços encontrar El Indio (O Bastardo Negro como era conhecido em seu ramo), que sempre tem alguma coisa – Sempre foi meu pressentimento secreto que El Indio também ama Tristessa – Ele tem belas filhas crescidas, deita-se em um leito por trás de cortinas finas com a porta escancarada para o mundo, doidão de M, sua mulher mais velha está sentada ansiosa em uma cadeira, os ícones queimam, ocorrem discussões, gemidos, tudo sob os infinitos céus mexicanos – Chegamos até sua casa e a sua velha mulher nos diz que é sua esposa (não sabíamos) e que ele não está então sentamos nos degraus de pedra que davam para aquele terreno maluco cheio de crianças berrando e bêbados e mulheres com roupa para lavar e cascas de bananas, e você devia pensar e esperar aqui – Bull está passando tão mal que precisa ir para casa – Alto, encurvado, o mago quase cadáver ele segue, me deixando bêbado sentado na pedra desenhando as crianças em meu caderninho –

Então surge uma espécie de anfitrião, um homem amistoso e imponente, com um copo cheio de pulque, dois copos, ele insiste que a gente beba de vira-vira, eu topo, bam, para dentro, o suco de cactus escorrendo de nossos lábios, ele me ganha – Mulheres riem – Há uma cozinha grande – Ele me traz mais – bebo e desenho as crianças – Ofereço dinheiro pelo pulque, mas ele não aceita – Começa a escurecer no quintal.

Já bebi quase um litro de vinho no caminho até ali, é um de meus dias de beber, tenho andado entediado e triste e perdido – também, por três dias tenho pintado e desenhado a lápis, giz de cera e aquarelas (minha primeira tentativa formal) e estou exausto – Fiz um esboço de um artista mexicano pequeno e barbado no teto de sua cabana e ele arrancou o desenho do caderno grande para guardar com ele – bebemos tequila de manhã e fizemos desenhos um do outro – Ele fez uma espécie de esboço de turista de mim, que mostrava como eu era um americano bonito e jovem, não entendo (ele quer que eu compre?) – Eu fiz um terrível rosto negro apocalíptico dele, também seu corpo miúdo retorcido na beira do sofá. Os céus e a posteridade irão julgar toda essa arte, seja lá o que for – Então estou desenhando um menininho em especial que não para quieto e então começo a desenhar a Virgem Madona –

Surgem mais companheiros e eles me convidam para um grande salão onde há uma mesa branca grande coberta com xícaras de pulque e no chão jarros cheios – Impressionantes os rostos ali – Penso "Vou me divertir e enquanto isso estou em frente à porta de El Indio e vou pegá-lo para Bull quando ele chegar em casa – E Tristessa vai chegar também –"

Borracho, secamos xícaras grandes de suco de cactus e há um cantor idoso com violão e seu jovem menino discípulo com lábios sensíveis grossos e a anfitriã grande e gorda que parecia saída da Idade Média de Rabelais e Rembrandt que canta – O líder dessa grande gangue de quinze parece ser Pancho Villa na cabeceira da mesa, o rosto vermelho de barro, perfeitamente redondo e alegre, mas com uma expressão de coruja mexicana, com olhos loucos (acho) e uma camisa vermelha quadriculada muito legal e como sempre em uma felicidade extática – Mas ao lado dele há outros mais sinistros, espécie de tenentes, olho para eles do outro lado da mesa direto nos olhos levanto um brinde e chego a perguntar "Que es la vida? O que é a vida?" – (para mostrar como sou esperto e filosófico) – Enquanto isso um homem de terno e chapéu azuis parece o mais amistoso, ele me conduz até o banheiro para um papo legal enquanto mijamos – Ele tranca a porta – Seus olhos estão muito afundados em órbitas gorduchas e marcadas estilo W.C. Fields – órbitas é uma palavra tão limpa – mas um par perverso de olhos engraçados, também um hipnotizador, eu fico olhando fixamente para ele, continuo a *gostar* dele – Gosto tanto dele que quando ele pega minha carteira e conta meu dinheiro eu rio, finjo que tento pegá-la de volta, ele para de contar – Outros estão tentando entrar no banheiro – "Isso é o México!" diz ele. "Se a gente quiser, a gente fica aqui" – Quando ele me devolve a carteira vejo que meu dinheiro ainda está lá dentro mas juro pela Bíblia, por Deus, por Buda por qualquer coisa supostamente sagrada, que na vida real não havia mais dinheiro naquela carteira (carteira, scharteira, apenas um pedaço dobrado de couro para guardar cheques de viagem) – Ele me deixa *alguma* grana porque mais tarde dou vinte pesos a um sujeito grande e gordo e peço a ele para descolar um pouco de maconha para o grupo todo – Ele também insiste em me levar ao banheiro para confabulações sinceras, de alguma maneira meus óculos escuros desaparecem –

No fim Chapéu Azul na frente de todo mundo simplesmente arranca meu caderno de dentro de meu casaco (de Bull), como se fosse uma piada, com o lápis e tudo, e o guarda em seu próprio paletó e olha para mim, pervertido e divertido – Na verdade não consigo evitar rir, mas então digo "Vamos lá, vamos, me devolva meus poemas" e tento meter a mão em seu paletó e ele se esquiva, e tento outra vez e ele não deixa – Viro-me para o homem de aparência mais distinta ali, na verdade, o único, que está sentado ao meu lado, "Você assume a responsabilidade de conseguir meus poemas de volta?"

Ele diz que sim, sem compreender o que estou dizendo, mas eu, bêbado, suponho que ele concorda – Enquanto isso em um deslumbramento cego de êxtase jogo cinquenta pesos no chão para provar algo – mais tarde jogo dois pesos no chão dizendo "É pela música" – Eles acabam dando aquilo para os dois músicos mas estou orgulhoso demais em busca de reconsideração para começar a procurar meus cinquenta pesos também, mas você vai ver que este é apenas um caso de querer ser roubado, uma espécie de exultação estranha e de poder de bêbado, "Não ligo para dinheiro, sou o rei do mundo", eu mesmo vou liderar suas revoluçõezinhas" – Comecei a executar isso fazendo amizade com Pancho Villa, e meu irmão ouve muito bater de copos e vira-vira e abraços, e música – E a essa hora estou idiota demais para conferir minha carteira, mas não sobrou um centavo – Enquanto isso fico muito orgulhoso em demonstrar o quanto aprecio a música, chego a batucar na mesa – No fim saio com o rapaz gordo para conversar no banheiro e quando estamos a caminho surge nos degraus uma mulher estranha, pálida e fantasmagórica, lenta, majestosa, nem jovem nem velha, não consigo evitar olhar para ela e mesmo quando percebo que é Tristessa continuo a olhar admirado para essa mulher estranha e parece que ela chegou para me salvar mas ela só chegou para arranjar uma dose com El Indio (que, por falar nisso, agora, segundo o próprio, tinha ido encontrar Bull a três quilômetros de distância) – deixo o bando alegre de ladrões e sigo meu amor.

Ela está usando um vestido comprido sujo e um xale e seu rosto está pálido, com olheiras, aquele nariz fino patrício levemente adunco, os lábios luxuriantes, aqueles olhos tristes – e a música de sua voz, o lamento de sua canção, quando ela fala com os outros em espanhol...

Ah, Sacristi – a triste Madona azul mutilada é Tristessa, e para mim continuar a dizer que a amo é uma maldita mentira – Ela me odeia e eu a odeio, não vamos esconder isso – Eu a odeio porque ela me odeia, não há outra razão – Não sei por que ela me odeia, acho que eu fui piedoso demais no ano passado – Ela continua a gritar "*Eu naum me importu!*" e bate em nossas cabeças e sai e senta no meio-fio na rua e cantarola e oscila – Ninguém ousa se aproximar da mulher com a cabeça entre os joelhos – esta noite, porém, percebo que ela está bem, quieta, pálida, andando com firmeza, subindo os degraus de pedra dos ladrões –

El Indio não está, descemos de novo – Já tinha ido duas vezes na casa dele para checar, não está lá, mas sua filha morena com os lindos olhos castanhos tristes olha para dentro da noite quando lhe faço perguntas, "Non, non" é tudo o que ela pode dizer, está olhando fixamente para algum ponto no lixo do céu, então tudo o que faço é encarar seus olhos e nunca vi uma garota assim – Seus olhos parecem dizer "Amo meu pai apesar de ele usar narcóticos, mas por favor não venha mais aqui, deixe-o em paz" –

Tristessa e eu descemos a rua escorregadia e cheia de lixo com luzes foscas e marrons das barracas de coca e o azul e o rosa pálidos dos néons distantes (como lápis de cor meio apagado) de Santa Maria de Redondas, onde nos grudamos na coitada da Cruz, suja e com aparência enlouquecida, e partimos para algum lugar –

Estou com o braço em torno da cintura de Tristessa e ando tristemente com ela – esta noite ela não me odeia – Cruz sempre gostou de mim e ainda gosta – No ano passado ela causou todo tipo de problema para Old Bull com as besteiras que fazia bêbada – Oh, teve muito pulque e vômito nas ruas e gemidos sob o Céu, asas de anjo enlameadas cobertas com a sujeira azul pálida do paraíso – Anjos no inferno, nossas asas grandes no escuro, nós três partimos, e das curvas do Paraíso Eterno Dourado Deus nos abençoa com seu rosto que posso descrever apenas como infinitamente desgostoso (piedoso), ou seja, infinito em sua compreensão do sofrimento, a visão desse rosto faria você chorar – Eu já o vi, em uma visão, ele vai cancelar tudo no final – Sem lágrimas, só os lábios, Oh, eu posso mostrar a você! – nenhuma mulher pode ser tão triste, Deus é como um homem – Não me lembro como subimos a ladeira até uma ruazinha estreita e escura onde duas mulheres estão sentadas com algum tipo de caldeirão fumegante, ou uns samovares, onde nos sentamos em caixotes de madeira, eu com a cabeça no ombro de Tristessa, Cruz aos meus pés, e elas me dão um ponche quente para beber – Olho para minha carteira, não tem mais grana, eu digo a Tristessa, que paga as bebidas, ou negocia, ou comanda todo o espetáculo, talvez seja mesmo a chefe do bando de ladrões –

As bebidas não ajudam muito. Está ficando tarde, quase amanhecendo, o frio do platô elevado penetra em minha pequena camisa sem manga e no blusão esportivo largo e nas calças com pregas e começo a tremer descontroladamente – nada ajuda, uma bebida atrás da outra, nada ajuda –

Dois jovens malandros mexicanos atraídos por Tristessa se aproximam e ficam ali parados bebendo e conversando a noite inteira, os dois têm bigodes, um deles é muito baixo com uma cara redonda de bebê com bochechas parecidas com peras – O outro é mais alto, com folhas de jornal de alguma forma enfiadas em seu paletó para protegê-lo do frio – Cruz só se estica, ali mesmo na rua vestida com seu sobretudo e dorme, a cabeça no chão, na pedra – Um policial prende alguém no fim da ruazinha, a gente em volta das pequenas chamas das velas e das panelas fumegantes observamos sem muito interesse – Em certo momento Tristessa me dá um beijo carinhoso nos lábios, o mais suave, simplesmente o mais leve beijo do mundo – Ah, e eu o recebo com surpresa – Resolvi ficar com ela e dormir onde ela dormir, mesmo se ela dormir em uma lata de lixo, em uma cela de pedra cheia de ratos – mas continuo a tremer, por mais que eu me enrole, não adianta, agora faz um ano que eu passo toda noite em meu saco de dormir e não estou mais acostumado com os frios matinais comuns da terra – Em certo momento, caio do caixote que ocupo com Tristessa, em cima da calçada, fico ali – outras vezes estou de pé arengando longas conversas misteriosas com os dois malandros – O que na terra eles estão tentando dizer e fazer? – Cruz dorme na rua.

O cabelo dela cai todo negro pela rua, as pessoas pisam nela. – É o fim.

O amanhecer chega cinzento.

As pessoas começam a passar a caminho do trabalho, logo a luz pálida começa a revelar as cores incríveis do México, os xales azul-claros das mulheres, os xales roxo-escuros, os lábios das pessoas levemente rosados em meio ao azul geral do alvorecer –

"O que a gente está esperando? Aonde vamos?" eu insistia em perguntar.

"Vou descolar minha parada", diz ela – pega outro ponche quente pra mim, que desce tiritando através de mim – Uma das senhoras está dormindo, o comerciante com a concha começa a ficar irritado porque, aparentemente, eu bebi mais do que Tristessa pagou, ou os dois malandros, ou algo assim –

Passam muitos carros e pessoas –

"Vamonos", diz Tristessa ao se levantar, e acordamos a esfarrapada Cruz e ficamos ali de pé cambaleantes por um minuto, e saímos para as ruas –

Agora dá para ver até o fim das ruas, chega dessa escuridão patética, é tudo igrejas azul-claras e pessoas pálidas e xales cor-de-rosa – Caminhamos e encontramos terrenos cheios de entulho que atravessamos para chegar a um povoado de cabanas de adobe –

É um vilarejo dentro da própria cidade –

Encontramos uma mulher e entramos em um quarto e eu acho que vamos finalmente dormir, mas as duas camas estão cheias de gente dormindo e acordada, ficamos ali de pé conversando, saímos e descemos a ruela, passamos por portas que despertavam – Todo mundo curioso para ver duas garotas esfarrapadas e o homem esfarrapado cambaleando devagar pelo amanhecer como uma equipe – O sol se levanta laranja por sobre pilhas de tijolos vermelhos e poeira em algum lugar, é a América do Norte minúscula de meus Sonhos Índios mas agora estou esgotado demais para me dar conta de qualquer coisa, ou entender, tudo o que quero fazer é dormir, junto de Tristessa – Ela em seu vestido rosa barato, seu corpinho sem seios, suas canelas finas, suas coxas bonitas, mas eu estou querendo apenas dormir mas gostaria de segurá-la e parar de tremer embaixo de algum vasto cobertor mexicano marrom, com Cruz também, do outro lado da cama, para tomar conta. Só quero parar com essa perambulação insana pelas ruas –

Sem resultados, no fim do vilarejo, na última casa, além da qual há apenas terrenos vazios cobertos de lixo e torres distantes de igrejas e a cidade exausta, nós entramos –

Que cena! Pulo de alegria ao ver uma cama enorme – "Viemos dormir aqui!"

Mas há uma mulher gorda de cabelo negro na cama, e ao lado dela um sujeito com um gorro de esqui, os dois acordados, e simultaneamente chega uma garota morena parecida com uma artista, uma garota beatnik do Greenwich Village – Então vejo dez, talvez oito outras pessoas todas movendo-se devagar pelos cantos com fósforos e colheres – Uma delas é um viciado típico, aquela delicadeza rude, aqueles traços duros e sofridos cobertos por uma camada gordurosa de doença, os olhos sem dúvida alertas, a boca alerta, chapéu, terno, relógio, colher, heroína, trabalhando tranquilo em suas picadas – Todo mundo está se aplicando – Tristessa é chamada por um dos homens e ela enrola a manga do seu casaco – Cruz também – O gorro de esqui pulou da cama e está fazendo a mesma coisa – A garota do Greenwich Village deu um jeito para se meter na cama, no pé, enfiou seu corpo grande e sensual embaixo dos lençóis pelo outro lado, e está ali deitada, satisfeita, sobre um travesseiro, observando – As pessoas entram e saem das portas dos vilarejos – Espero também ganhar uma dose e digo para um dos caras "Poquito gote" que eu imagino significar uma dose pequena e que na verdade significa "uma gotinha" – Na verdade, gota, não descolo nada, todo o dinheiro acabou –

A atividade é frenética, interessante, humana. Observo realmente impressionado, chapado do jeito que estou posso ver que esse deve ser o maior antro de viciados da América Latina – Que tipos interessantes! – Tristessa está falando a cem quilômetros por hora – O viciado de chapéu com traços rudes e delicados, com um bigodinho ruivo e olhos azul-claros e maçãs do rosto protuberantes, é mexicano mas se parece com qualquer viciado de Nova York – Ele também não me dá uma dose – Fico ali sentado e espero – Aos meus pés tenho uma garrafa de cerveja pela metade que Tristessa me comprou no caminho, que eu tinha escondido na roupa, agora eu a bebo diante de todos aqueles viciados e isso acaba com minhas chances – mantenho um olho atento na cama à espera que a mulher gorda se levante e vá embora, e a garota artista a seus pés, mas só o homem se apressa se veste e sai, e a gente acaba indo embora também –

"Aonde a gente vai?"

Saímos dali e passamos por uma fila de sujeitos que nos olhavam atravessado com seus olhos afiados ah você sabe, o velho corredor polonês, de respeitáveis burgueses mexicanos na manhã, mas ninguém nos para, nenhum policial, saímos cambaleando e descemos uma rua de terra estreita e chegamos a outra porta e entramos em um patiozinho antigo onde há um velho varrendo com uma vassoura e lá dentro se ouve muitas vozes –

Ele me suplica com o olhar, como, “Não crie problema”, eu faço o sinal “*Eu,* criar problema?” mas ele insiste então hesito na hora de entrar mas Tristessa e Cruz me arrastam para dentro confiantes e olho de volta para o velho que deu sua permissão mas ainda está implorando com os olhos – Meu Deus, ele sabia!

O lugar é uma espécie de bar matutino, Cruz entra para os interiores escuros e barulhentos e sai com uma espécie de anisete fraco em um copo grande e eu o provo – não quero nada em especial – Fico ali de pé apoiado na parede de adobe olhando para a luz amarela – Cruz agora parece completamente louca, com narinas peludas bestiais e doida como em Orozco, as mulheres gritando em revoluções, mas ainda assim consegue parecer caprichosa, também – Além disso, ela é uma pessoinha muito caprichosa, estou falando de seu coração, a noite inteira ela foi muito legal comigo e gosta de mim – Na verdade, uma hora ela gritou bêbada “Tristessa, você está com ciúmes porque o Yack queria casar comigo!” – mas ela sabe que eu amo a inatingível Tristessa – então ela passou a agir como minha irmã e gostei disso – algumas pessoas têm vibrações que saem direto do coração vibrante do sol, frescas e vivas...

Mas enquanto estamos ali parados Tristessa de repente diz: “Yak” (eu) “a noite toda”– e ela começa a imitar meus tremores na rua de todas as noites, no início eu rio, agora o sol está amarelo e quente sobre meu blusão, mas eu me sinto alarmado ao vê-la imitar meus tremores com tal entrega convulsiva e Cruz também percebe e diz "Para, Tristessa!" mas ela continua, os olhos enlouquecidos e brancos, estremecendo o corpo magro dentro do casaco, as pernas começam a bambear – Estendo os braços, rindo "Ah, vamos lá" – ela treme mais e fica mais convulsiva e, de repente (enquanto penso "Como ela pode me amar e zombar de mim de um jeito *sério* assim?"), ela começa a cair, a imitação está passando dos limites, tento segurá-la, ela se abaixa até o chão e fica um minuto ali pendida (exatamente como as descrições que Bull fez para mim dos viciados em heroína balançando a cabeça para seus sapatos na Quinta Avenida na Era dos anos 1920, até que suas cabeças ficassem completamente penduradas de seus pescoços e não havia lugar para ir além de voltar para cima ou cair de cara no chão) e para minha dor e desespero Tristessa desaba, cai de cabeça, bate o crânio com força no chão e apaga sobre a pedra fria e dura.

"*Oh, não Tristessa!*" grito e a agarro pelos braços, viro-a de frente e a sento em meu colo enquanto me apoio contra a parede – Ela respira com dificuldade e, de repente, vejo sangue por todo o seu casaco –

"Ela está morrendo", penso, "de repente ela agora resolveu morrer... Nesta manhã insana, neste minuto insano" – E lá está o velho com os olhos suplicantes ainda olhando para mim com sua vassoura e homens e mulheres que chegaram atrás de anisete passando bem por cima da gente (com uma indiferença cautelosa, mas devagar, mal olhando para baixo) – Levo minha cabeça para junto da dela, face contra face, e a abraço com força, e digo "*Non non non non*" e o que quero dizer é "Não morra" – Cruz está no chão com a gente do outro lado, chorando – Seguro Tristessa por suas costelas delicadas e rezo – O sangue agora escorre de seu nariz e de sua boca –

Ninguém vai nos botar para fora daquela porta – isso eu juro –

Eu me dou conta de que estou aqui para me recusar a deixá-la morrer –

Pegamos água, em meu lenço vermelho grande, e eu passo um pouco sobre ela – Depois de um período de tremores convulsivos de repente ela fica extremamente calma e abre os olhos e até olha para cima – Ela não vai morrer – Sinto isso, ela não vai morrer, não em meus braços nem agora, mas também sinto "Ela deve saber que eu a impedi e agora ela vai esperar que mostre a ela algo melhor que isso – que o êxtase eterno da morte" – Oh, Eternidade Dourada, e eu sei que a morte é melhor, mas "Non, eu amo você, não morra, não me deixe... Eu amo você demais" – "Eu amo você, isso não é razão suficiente para tentar viver?" – Oh, o destino horripilante de nós, seres humanos, cada um de nós, de repente, vai morrer em algum momento terrível e aterrorizar todos os nossos amantes e apodrecer o mundo – e estragar o mundo – e todos os viciados em heroína em todas as cidades amareladas e desertos arenosos não podem se importar – e eles também vão morrer –

Tristessa agora tenta se levantar, eu a seguro por baixo dos bracinhos enfraquecidos, ela se apoia, nós arrumamos seu casaco, pobre casaco, limpamos um pouco do sangue – Saímos – Saímos para a manhã amarelada do México, não mortos – deixo-a caminhar sozinha à nossa frente, nos conduzindo pelo caminho, e ela faz isso por ruas incrivelmente sujas cheias de cachorros mortos, passando por crianças apalermadas, velhas e velhos em farrapos imundos, e saímos em um terreno cheio de pedras que atravessamos aos tropeções – devagar – Eu agora posso senti-la em seu silêncio, "É *isto* que você quer me dar no lugar da morte?" – Tento saber, então, o que dar a ela – Não há nada melhor que a morte – Tudo o que consigo fazer é tropeçar atrás dela, às vezes, rapidamente, vou na frente mas não sou muito a figura masculina, O Homem Que Conduz pelo Caminho – Mas sei que agora ela está morrendo, de epilepsia, do coração, choque ou convulsão provocada pelas bolas, e por isso nenhuma senhoria vai impedir que eu a leve para casa para meu quarto no telhado e a deixe dormir e descansar sob meu saco de dormir aberto, com Cruz e eu – Digo isso a ela, arranjamos um táxi e partimos para a casa de Bull – Saltamos quando chegamos, elas esperam no táxi enquanto eu bato à janela dele para pegar dinheiro para o táxi –

"*Você não pode trazer a Cruz aqui!*" grita ele. "Nenhuma delas!" Ele me dá a grana, eu pago o táxi, as garotas saltam, e surge na porta o rosto grande e sonolento de Bull, dizendo: "Não Não – a cozinha está cheia de mulheres, elas nunca vão deixar vocês passarem!"

"Mas ela está morrendo! Preciso cuidar dela!"

Eu me viro e vejo os dois casacos delas, as costas dos casacos. Elas se viraram de maneira majestosa, mexicana e feminina, com uma dignidade imensa, rajadas de poeira e gesso e todo o resto, juntas, as duas damas seguem devagar pela calçada, do jeito eterno de mulheres mexicanas, como as mulheres franco-canadenses vão para a igreja de manhã – Há algo imutável na maneira como seus dois casacos deram as costas para as mulheres na cozinha, para o rosto preocupado de Bull, para mim – Corro atrás delas – Tristessa olha para mim séria "Vou procurar El Indio pra descolar uma dose" e desse jeito, do jeito que ela normalmente diz isso, como se (Eu acho, sou um mentiroso, cuidado!) como se estivesse falando sério e quisesse mesmo uma dose –

E eu tinha dito a ela "Esta noite quero dormir onde você dorme" mas eu não tinha muita chance de ir para casa de Indio, nem mesmo ela, a mulher dele a odeia – Elas caminham majestosas, eu hesito majestoso, com uma covardia majestosa, temendo as mulheres na cozinha que proibiram a entrada de Tristessa (por quebrar tudo em uma viagem de bola) e proibiram, acima de tudo, de passar por aquela cozinha (o único caminho para meu quarto) para subir aqueles degraus de torre de marfim estreitos em caracol que tremem e balançam –

"Elas nunca vão deixar vocês passarem" grita Bull da porta. "Deixe elas irem embora!"

Uma das senhorias está na calçada, estou bêbado e envergonhado demais para olhá-la nos olhos –

"Mas vou dizer a elas que ela está morrendo!"

"Entra aqui! Entra aqui!" grita Bull. Eu me viro, elas pegam o ônibus na esquina, ela se foi –

Ou ela vai morrer em meus braços ou vão apenas me contar sobre isso –

Que sudário foi a razão para que a escuridão e o paraíso se unam e juntos estendam o manto do pesar sobre os corações de Bull, El Indio e eu, os três que a amam e choramos em nossos pensamentos e sabemos que ela vai morrer – Três homens de três nações diferentes, na manhã amarelada dos xales negros, qual foi o poder demoníaco angelical que tramou isso? – O que vai acontecer? –

À noite um policial mexicano baixinho apita para dizer que tudo está bem e tudo está errado, e tudo é trágico – não sei o que dizer.

Estou apenas esperando vê-la novamente –

E faz menos de um ano que ela estava em pé em meu quarto e disse "Um amigo é melhor do que pesos, um amigo que dá isso para você na cama" quando, de qualquer forma, ela ainda acreditava que conseguiríamos juntar nossos ventres torturados e nos livrar de um pouco de dor – Agora tarde demais, tarde demais –

À noite em meu quarto, com a porta aberta, fico olhando para vê-la entrar, como se ela pudesse passar por aquela cozinha de mulheres – E eu vou procurá-la no mercado dos ladrões do México, eu acho que é isso que terei de fazer –

Mentiroso! Mentiroso! Sou um mentiroso!

E suponha que eu vá procurá-la e ela queira me bater na cabeça outra vez, sei que não é ela, são as bolas – mas para onde eu poderia levá-la, e o que dormir com ela iria resolver – um beijo mais doce dos lábios mais rosados e pálidos que ganhei, na rua, outro daqueles e eu estou perdido –

Meus poemas roubados, meu dinheiro roubado, minha Tristessa morrendo, os ônibus mexicanos tentando me atropelar, o céu granulado, argh, nunca sonhei que pudesse ser tão ruim –

E ela me odeia – Por que ela me odeia?

Porque eu sou esperto demais.

"Tão certo quanto você estar sentado aí", Bull está dizendo desde aquela manhã, "Tristessa vai voltar e bater naquela janela no dia 13 pedindo dinheiro para comprar uma parada" –

Ele quer que ela volte –

El Indio aparece, de chapéu preto, másculo, com seriedade maia, preocupado, "Onde está Tristessa?", pergunto, ele diz, as mãos levantadas, "Eu não sei".

O sangue dela está em minhas calças como minha consciência –

Mas ela volta mais cedo do que esperávamos, na noite do dia 9 – Bem quando estávamos lá sentados falando sobre ela – Ela bate na janela, mas não faz apenas enfiar a mãozinha marrom louca pelo buraco antigo (onde El Indio há um mês enfiou o punho em uma crise de abstinência), ela agarra as grandes cortinas rosadas que Bull com a experiência de viciado pendura do teto até o peitoril da janela, ela a sacode e balança e as afasta para o lado e olha para dentro como se para ver se não estávamos escondendo doses de morfina dela – A primeira coisa que ela vê é meu rosto sorridente virado – Eu devo tê-la deixado muito desgostosa – "Bool – Bool –"

Bool se veste depressa para sair e falar com ela no bar do outro lado da rua, ela não pode entrar na casa.

"Ah, deixa ela entrar."

"*Eu não posso.*"

Nós dois saímos, eu primeiro enquanto ele tranca a porta, e dou de cara com meu "grande amor" na calçada sob as luzes mortiças da noite tudo o que posso fazer na hora é andar de um lado para outro e esperar na fila do tempo – "Como você tá?" – eu digo.

"Tudo bem."

O lado esquerdo do rosto dela é um grande curativo sujo com sangue negro seco, ela tenta escondê-lo sob o seu xale de cabeça, que segura para cobri-lo –

"Onde isso aconteceu, foi comigo?"

"Não, depois que eu deixei você, eu caí *três vezes*" – Ela mostra três dedos – Ela teve três outras convulsões – A bandagem de algodão está pendurada, uma faixa cai quase até seu queixo – Ela pareceria horrível se não fosse a santificada Tristessa –

Bull sai e atravessamos a rua devagar até o bar, corro até ela do outro lado para ser cavalheiro com ela, Oh, que irmã mais velha eu sou – É como Hong Kong, as criadas e mães nos *sampans* mais pobres do rio em suas calças chinesas remando com o remo de popa veneziano e sem arroz no prato, mesmo elas, na verdade especialmente elas têm seu orgulho e iriam acabar com uma irmã mais velha como eu e Oh seus lindos corpinhos em seda brilhante e macia, Oh – seus rostos tristes, maçãs do rosto proeminentes, cor, olhos acastanhados, olham para mim na noite, para todos os Johns na noite, é seu último recurso – Oh, eu queria poder escrever! – Só um belo poema seria suficiente!

Como Tristessa está frágil, acabada, terminal quando entramos com ela no bar silencioso e hostil onde Madame X está sentada contando seus pesos na sala dos fundos, observando tudo, e o ansioso barman baixinho bigodudo corre furtivamente para nos servir, e ofereço uma cadeira para Tristessa que pode esconder de Madame X seu rosto triste e mutilado, mas ela recusa e senta de qualquer jeito – Que trio naquele bar normalmente reservado para oficiais do exército e executivos mexicanos encherem seus bigodes de espuma nas canecas vespertinas! – O alto, ossudo, corcunda e assustador Bull (o que os mexicanos pensam dele?) com seus óculos de coruja e seu andar lento, trêmulo mas firme e eu o gringo idiota de calças largas de cabelo penteado e sangue e tinta nos jeans, e ela, Tristessa, enrolada em um xale roxo, magricela – pobre –, como uma vendedora ambulante de bilhetes de loteria, como uma sina no México – Peço um copo de cerveja para manter as aparências, Bull aceita um café, o garçom está nervoso –

Oh, dor de cabeça, mas ela está ali sentada ao meu lado, eu me embebedo com sua presença – Às vezes ela dirige aqueles olhos púrpuros para mim – Está passando mal e quer uma dose, Bull não tem – Mas agora ela vai descolar três *gramos* no mercado negro – Mostro a ela os quadros que andei pintando, de Bull em sua poltrona em pijamas púrpuros de ópio celestial, meu e de minha primeira esposa ("Mi primera esposa", ela não faz qualquer comentário, os olhos passam rápido pelos dois quadros) – Finalmente quando mostro a ela minha pintura "vela queimando à noite" ela nem mesmo olha – Eles estão falando sobre droga – O tempo todo eu tenho vontade de tomá-la nos braços e abraçá-la, apertar aquele corpinho frágil inatingível e ausente –

O xale cai um pouco e o curativo dela é visto no bar – Está péssima – Não sei o que fazer – Começo a ficar com raiva –

Finalmente ela fala sobre o marido de sua amiga que a expulsou de casa aquele dia chamando a polícia (ele também é policial), "Ele chamou os tiras porque eu não dei a ele meu *corpo*" ela se apressa em dizer –

Ah, então ela acha que seu corpo é um prêmio que deve valorizar, pro inferno com ela – Meu sentimento muda e fico remoendo – Olho para os olhos frios dela –

Enquanto isso, Bull a está aconselhando sobre tranquilizantes e eu lembro a ela que seu antigo ex-amante (agora um viciado morto) tinha me dito para nunca encostar neles – de repente olho para a parede e vejo as fotos das belas mulheres do calendário (que Al Damlette tinha em seu quarto em Frisco, uma para cada mês, quando bebíamos vinho Tokay, costumávamos reverenciá-las), chamo a atenção de Tristessa para elas, ela olha para outro lado, o bartender percebe, eu me sinto como um animal –

E TODAS AS ensalsichas e papas fritas do ano anterior, Ah Das Alturas, o que está fazendo com suas crianças? – Você com seu rosto triste, compassivo e cuja beleza eu jamais negaria, o que está fazendo com seus filhos roubados que você roubou de sua mente para pensar um pensamento porque estava entediado ou estava Atento – não devia ter feito isso, Senhor, o Despertar, não devia ter jogado o jogo de sofrer e morrer com as crianças em sua própria mente, não devia ter dormido, devia ter assobiado para a música e dançado, sozinho, em uma nuvem, berrando para as estrelas que você fez, Deus, mas nunca devia ter tramado e terminado os elegantes e transtornados pequenos sofredores de Toonerville como nós, as crianças – Pobre Bull choroso – criança, quando está doente, e eu também choro, e Tristessa que nem sequer se permite chorar...

OH, O QUE era o negócio que apertava e esmagava com um poder colérico, para fazer este mundo de poças de óleo? –

Porque Tristessa precisa de minha ajuda mas não vai aceitá-la e eu não vou dar – mas, supondo que todos no mundo se dedicassem a ajudar os outros o dia inteiro, por causa de um sonho ou de uma visão de liberdade de eternidade, o mundo não seria então um jardim? Um Jardim de Ardenas, cheio de amantes e gente estúpida e desajeitada nas nuvens, jovens bebedores sonhando e se gabando nas nuvens, deuses – Os deuses ainda estão lutando? Devotem-se a deuses-que-não-lutam e bang! A Senhorita Tranquilizante iria entreabrir seus lábios rosados e beijar no mundo o dia inteiro, e homens iriam dormir – E não haveria homens ou mulheres, apenas um sexo, o sexo original da mente – Mas esse dia está tão próximo que eu podia estalar o dedo e ele iria aparecer, o que *isso* importa? ... Sobre esse pequeno evento recente chamado o mundo.

"Eu amo Tristessa", contudo tenho o descaramento de ficar e falar, para os dois, "Eu teria dito às senhorias que amo Tristessa – Posso dizer que ela está doente – Que precisa de ajuda – esta noite ela pode vir dormir em meu quarto" –

Bull está assustado, fica de boca aberta – Oh, a velha gaiola, ele a ama! – Você devia vê-la arrumando o quarto, limpando enquanto ele senta e corta sua droga com uma lâmina de barbear, ou só fica sentado dizendo "M-m-m-m-m-m-m-m" em longos gemidos baixos que não são gemidos mas sua música e mensagem, agora começo a me dar conta que Tristessa quer que Bull seja seu marido –

"Eu queria que Tristessa fosse minha terceira esposa", digo mais tarde – "Não vim ao México para que irmãs mais velhas me dissessem o que fazer? Bem em frente dos professores, se aplicando? – escutem, Bull e Tristessa, se Tristessa não liga, então eu não ligo –" Nesse ponto ela me olha, com olhos-que-não-estão-nem-aí redondos surpresos não surpresos – "Me dá uma dose de morfina para eu conseguir pensar como vocês."

Eles logo me dão, mais tarde no quarto, enquanto eu estava outra vez bebendo mescal – "Tudo ou absolutamente nada", digo para Bull, que o repete –

"Não sou uma puta", acrescento – E também quero dizer "Tristessa não é uma puta" mas não quero levantar o assunto – Enquanto isso ela muda completamente com seu pico, se sente melhor, penteia o cabelo em um belo negro lustroso, lava o sangue, lava todo o rosto e pega uma bacia cheia de espuma como o velho Jim Beaver lá em Cascades perto da fogueira de seu acampamento – Rápida – E ela esfrega o sabão com cuidado nas orelhas e enfia ali as pontas dos dedos e faz ruídos estranhos, uau, ao se lavar, Charley não estava com barba ontem à noite – Ela cobre outra vez a cabeça com o xale agora limpo e se vira para nos apresentar, na luz da lâmpada no teto alto do quarto, uma charmosa beleza espanhola com uma pequena cicatriz no rosto – A cor de seu rosto é realmente bronzeada (ela diz que é escura, "Tão *Negra* quanto *eu*?") mas ao brilho da luz seu rosto muda, às vezes é marrom-escuro quase negro-azulado (lindo) com contornos de uma face reluzente e uma boca triste rasgada e o calombo em seu nariz que parece os das mulheres índias de manhã em Nogales no alto de um morro seco, as mulheres dos vários violões – O toque castelhano, apesar de poder ser apenas tão castelhano quanto antigos zacatecas convenientes – Ela se vira, elegante, e percebo que ela não tem corpo algum, está completamente perdida em um vestidinho barato, então eu me dou conta que ela nunca come, "seu corpo" (acho) "deve ser lindo" – "uma coisinha linda" –

Mas então Bull explica: "Ela não quer amor – Você bota a Grace Kelly de um lado e a maldita morfina no outro, e eu fico com a morfina, não fico com a Grace Kelly."

"É", confirma Tristessa, "e eu, eu não quero nenhum amor."

Eu não digo nada sobre o amor, da mesma forma que não começo a cantar "Love is a completely endless thing, it's the April row when feelers reach for everything" e não canto "Embraceable You" como Frank Sinatra naquele "Towering Feeling" em que Vic Diamone diz "the touch of your hand upon my brow, the look in your eyes I see", uau, não, não discordo ou concordo com esse par de ladrões de amor, deixe que eles se casem e se acabem – entrem embaixo dos lençóis – vão passear de barco em Roma – Gallo – qualquer lugar – eu, eu não vou casar com Tristessa, Bull vai – Ela arruma as coisas em torno dele sem parar, quando estou chapado deitado na cama, é estranho como ela se aproxima e limpa a cabeceira com as coxas praticamente em meu rosto e eu as estudo e Old Bull está observando tudo do alto de seus óculos tortos – Min e Bill e Mamie e Ike e Maroney Maroney Izzy e Bizzi e Dizzy e Bessy cheguem junto Martarky e Bee, Oh. Deus, seus nomes, seus nomes, quero seus nomes, Amie e Bill, não Amos e Andy, (meu pai os amava) abram a bagunça e o mofo no armário (esse alerta freudiano da mente) (SLIP SLOP) (SLAP) esse cara velho que está sempre – Molly! – Fiber M'Gee seja Jesus e Molly – Bull e Tristessa. Sentados ali na casa a noite inteira, gemendo sobre suas lâminas de barbear e droga branca e pedaços de espelho quebrado para bater (a parada afiada como diamante que corta vidro) – Noites sossegadas em casa – Clark Gable e Mona Lisa –

Mas – "Ei, Tristessa, eu moro com você e Bull paga" digo finalmente –

"Não me importa", diz ela, virando-se na banqueta para mim – "Está tudo certo comigo."

"Você não paga pelo menos metade do aluguel dela?" pergunta Bull, anotando em seu caderno números que ele registra o tempo todo. "Você diz sim ou não."

"Você pode vê-la quando quiser", acrescenta ele.

"Não, eu queria morar com ela."

"Bem, você não pode fazer isso – você não tem a grana."

Mas Tristessa continua olhando para mim e eu continuo a encará-la, de repente, nós nos amamos enquanto Bull continua falando, e eu a admiro abertamente e ela brilha abertamente – mais cedo, eu a teria agarrado quando ela disse "Você lembra de tudo da outra noite?" – "Lembro" – "na rua, como você me beijou" – E eu mostro como ela tinha me beijado.

Aquele roçar suave dos lábios nos lábios, apenas com o mais leve dos beijos, para indicar beijo – Ela foi brilhante naquele – Ela não se importava –

Ela não tinha dinheiro para pegar o táxi para casa, não tinha mais ônibus circulando, nenhum de nós tinha mais dinheiro (exceto por dinheiro no banco de sangue) (dinheiro nos bancos de lama, Charley) – "É, vou andando pra casa".

"Cinco, quatro quilômetros", digo, e houve aquela longa caminhada pela chuva que eu me lembro – "Você pode subir aqui", apontando para meu quarto no telhado, "Não vou incomodar você, no te molesta".

"No te molesta", mas eu deixaria que ela me molestasse – Old Bull observa por cima dos óculos e do jornal, eu já estraguei tudo com a mama outra vez, Édipo Rei, vou arrancar meus olhos pela manhã – San Francisco, Nova York, Padici, Medu, Mantua ou qualquer lugar, sempre sou o Rei dos babacas que foi criado para ser o filho dependente nos relacionamentos de homem e mulher, Ahh-yaaaa – (uivo índio na noite, para a doce música do campo-country) – "King, bing, estou sempre pronto para mamãe e papai – quando eu vou ser papai?"

"No te molesta", e também, para Bull, meu pai, eu disse: "Eu tinha que ser um viciado para viver com Tristessa e não posso ser um viciado".

"Ninguém conhece um viciado como outro viciado."

Engulo em seco ao ouvir a verdade, também –

"Além disso, Tristessa também é uma viciada de longa data, como eu, ela não amarela – com droga – Viciados são pessoas muito estranhas."

Então ele começaria uma história comprida sobre as pessoas estranhas que ele conheceu, em Riker's Island, em Lexington, em Nova York, no Panamá – na Cidade do México, em Annapolis – Segue com sua história estranha, que incluía sonhos de ópio de estranhas plataformas enfileiradas onde as garotas são alimentadas com ópio por meio de tubos azuis de sonho, e episódios estranhos parecidos como todas as gafes inocentes que ele cometera, apesar de fazê-lo sempre com uma cobiça perversa pouco antes de acontecer, ele tinha vomitado em Annapolis depois de um porre, no chuveiro, e para esconder isso de seus superiores ele tentou lavar tudo com água quente, e acabou empesteando "todo o Bradley Hall" com o fedor e em um jornalzinho da marinha saiu um poema bonito escrito sobre isso – Ele ia começar histórias compridas mas ela estava ali e com ela ele só conseguia conduzir conversas de rotina de viciado em espanhol de bebê como, "Você no vai manhana bonita asi".

"Sim, limpe meu rosto agora."

"Não está com uma cara boa – Basta uma olhada e eles vão saber que você anda tomando secanol demais."

"Está bem, eu vou."

"Eu limpo seu casaco –" Bull se levanta e ajuda a limpar as coisas dela –

Para mim, ele diz, "Esses artistas e escritores, eles não gostam de trabalhar – Não acreditam em trabalho" (como no ano passado, quando Tristessa e Cruz e eu conversávamos alegremente, com a alegria que eu tinha no ano passado, no quarto, ele está martelando com uma estátua de pedra maia mais ou menos do tamanho de um punho grande, tentando consertar a porta que tinha quebrado na noite anterior, quando tomou tranquilizantes demais e saiu do quarto e fechou o cadeado, a chave dentro do quarto e ele de pijamas à uma da manhã) – uau, eu faço fofoca – (Então ele gritou para mim "Venha me ajudar a consertar essa porta, não consigo fazer isso sozinho" – "Ah, consegue sim, eu estou conversando" – "Vocês artistas são todos uns vagabundos preguiçosos")

Agora para provar que não sou assim eu me levanto devagar, tonto por causa do pico de sua parada do amor, e pego um pouco de água no jarro de metal para esquentar na lâmpada virada pra cima para que Tristessa tenha água quente para lavar seu machucado – mas eu entrego o jarro a ele porque não consigo equilibrá-lo nos arames frágeis e de qualquer jeito ele é o velho mestre Velho Mago Velha Água Curandeiro que pode fazer isso e não vai me deixar tentar – Então volto para a cama, prostrado – a algum lugar, em suas entranhas – Algumas pessoas são só entranhas, sem coração – Eu fico com o coração – Você enfia espadas no corpo – Você bebe – Você estoura laranjas – Eu fico com o coração e viajo – Dois – Três – Dez trilhões de milhões de poeira de estrelas atordoantes ferminfectando no Jack Shaft doido e melancólico – Estancar – Não afogo amigos em óleo – Não tenho estômago, entranhas para fazer isso – Também não tenho coração – mas o sexo, quando a morfina está solta em sua carne, e se espalha devagar, quente, e controla seu cérebro, o sexo recua para as entranhas, a maioria dos viciados é magra, Bull e Tristessa, os dois são sacos de ossos.

Mas Oh, a graça de certos ossos, que fecundam uma carne que aguarda, como Tristessa, e fazem uma mulher – Um Old Bull, apesar de seu corpo de ave de rapina magro, não corpo, seu cabelo grisalho e bem penteado e sua face jovial e às vezes ele parece realmente bonito, e na verdade uma noite Tristessa finalmente resolveu transar com ele; ele estava lá e eles fizerem gostoso – Eu também queria um pouco daquilo, vendo como Bull não se dedicava à questão exceto uma vez a cada vinte anos mais ou menos –

Mas não, é suficiente, não quero escutar mais, Min e Molly e Bill e Gregory Pegory Mentiroso McGouy, oh, eu os deixaria em paz e seguiria meu caminho – "Encontre-me uma Mimi em Paris, uma Nicole, uma doce Tathagatha Pura Preciosa Piti" – Como poemas declamados por velhos italianos na América do Sul de lama, planícies e palmeiras, que querem voltar para Palabbrio, reggi, e passeiam pelo bulevar lindo e retumbante de garotas, passearem e beber um aperitif com os caras de café da rua torturada – Oh, filme – Um filme dirigido por Deus, que nos mostra ele – ele – e nós o mostrando – ele que é nós – pois como pode haver dois? Domingo de ramos para mim, Bispo San José...

Vou acender velas para a Madona, vou pintar a Madona, e comer sorvete, anfetamina e pão – "Maconha com carne de porco", como disse Bhikku Booboo – Vou para o sul da Sicília no inverno e pintar lembranças de Arles – Vou comprar um piano e me mozartear – vou escrever histórias tristes e compridas sobre pessoas na lenda de minha vida – Este é meu papel no filme, vamos ouvir o seu.

Livros de Kerouac publicados pela **L&PM** EDITORES:

Kerouac: 3 em 1 (Os vagabundos iluminados, On the Road – Pé na estrada, Os subterrâneos)
Anjos da desolação
Big Sur
Cidade pequena, cidade grande
Despertar: uma vida de Buda
Diários de Jack Kerouac: 1947-1954
Geração beat
Jack Kerouac e Allen Ginsberg: as cartas
Livro de haicais
O livro dos sonhos
O mar é meu irmão
On the Road – o manuscrito original
On the Road – Pé na estrada
Pic
Satori em Paris
Os subterrâneos
Tristessa
Os vagabundos iluminados
Viajante solitário
Visões de Cody
Visões de Gerard

Leia também na Coleção **L&PM** POCKET:

Kerouac – Yves Buin (Série Biografias)
Geração Beat – Claudio Willer (Série **Encyclopaedia**)

Coleção L&PM POCKET

552.**Garfield de bom humor (6)** – Jim Davis
553.**Conhece o Mário?** vol.1 – Santiago
554.**Radicci 6** – Iotti
555.**Os subterrâneos** – Jack Kerouac
556(1).**Balzac** – François Taillandier
557(2).**Modigliani** – Christian Parisot
558(3).**Kafka** – Gérard-Georges Lemaire
559(4).**Júlio César** – Joël Schmidt
560.**Receitas da família** – J. A. Pinheiro Machado
561.**Boas maneiras à mesa** – Celia Ribeiro
562(9).**Filhos sadios, pais felizes** – R. Pagnoncelli
563(10).**Fatos & mitos** – Dr. Fernando Lucchese
564.**Ménage à trois** – Paula Taitelbaum
565.**Mulheres!** – David Coimbra
566.**Poemas de Álvaro de Campos** – Fernando Pessoa
567.**Medo e outras histórias** – Stefan Zweig
568.**Snoopy e sua turma (1)** – Schulz
569.**Piadas para sempre (1)** – Visconde da Casa Verde
570.**O alvo móvel** – Ross Macdonald
571.**O melhor do Recruta Zero (2)** – Mort Walker
572.**Um sonho americano** – Norman Mailer
573.**Os broncos também amam** – Angeli
574.**Crônica de um amor louco** – Bukowski
575(5).**Freud** – René Major e Chantal Talagrand
576(6).**Picasso** – Gilles Plazy
577(7).**Gandhi** – Christine Jordis
578.**A tumba** – H. P. Lovecraft
579.**O príncipe e o mendigo** – Mark Twain
580.**Garfield, um charme de gato (7)** – Jim Davis
581.**Ilusões perdidas** – Balzac
582.**Esplendores e misérias das cortesãs** – Balzac
583.**Walter Ego** – Angeli
584.**Striptiras (1)** – Laerte
585.**Fagundes: um puxa-saco de mão cheia** – Laerte
586.**Depois do último trem** – Josué Guimarães
587.**Ricardo III** – Shakespeare
588.**Dona Anja** – Josué Guimarães
589.**24 horas na vida de uma mulher** – Stefan Zweig
591.**Mulher no escuro** – Dashiell Hammett
592.**No que acredito** – Bertrand Russell
593.**Odisséia (1): Telemaquia** – Homero
594.**O cavalo cego** – Josué Guimarães
595.**Henrique V** – Shakespeare
596.**Fabulário geral do delírio cotidiano** – Bukowski
597.**Tiros na noite 1: A mulher do bandido** – Dashiell Hammett
598.**Snoopy em Feliz Dia dos Namorados! (2)** – Schulz
600.**Crime e castigo** – Dostoiévski
601.**Mistério no Caribe** – Agatha Christie
602.**Odisséia (2): Regresso** – Homero
603.**Piadas para sempre (2)** – Visconde da Casa Verde
604.**À sombra do vulcão** – Malcolm Lowry
605(8).**Kerouac** – Yves Buin
606.**E agora são cinzas** – Angeli
607.**As mil e uma noites** – Paulo Caruso
608.**Um assassino entre nós** – Ruth Rendell
609.**Crack-up** – F. Scott Fitzgerald
610.**Do amor** – Stendhal
611.**Cartas do Yage** – William Burroughs e Allen Ginsberg
612.**Striptiras (2)** – Laerte
613.**Henry & June** – Anaïs Nin
614.**A piscina mortal** – Ross Macdonald
615.**Geraldão (2)** – Glauco
616.**Tempo de delicadeza** – A. R. de Sant'Anna
617.**Tiros na noite 2: Medo de tiro** – Dashiell Hammett
618.**Snoopy em Assim é a vida, Charlie Brown! (3)** – Schulz
619.**1954 – Um tiro no coração** – Hélio Silva
620.**Sobre a inspiração poética (Íon)** e ... – Platão
621.**Garfield e seus amigos (8)** – Jim Davis
622.**Odisséia (3): Ítaca** – Homero
623.**A louca matança** – Chester Himes
624.**Factótum** – Bukowski
625.**Guerra e Paz: volume 1** – Tolstói
626.**Guerra e Paz: volume 2** – Tolstói
627.**Guerra e Paz: volume 3** – Tolstói
628.**Guerra e Paz: volume 4** – Tolstói
629(9).**Shakespeare** – Claude Mourthé
630.**Bem está o que bem acaba** – Shakespeare
631.**O contrato social** – Rousseau
632.**Geração Beat** – Jack Kerouac
633.**Snoopy: É Natal! (4)** – Charles Schulz
634.**Testemunha da acusação** – Agatha Christie
635.**Um elefante no caos** – Millôr Fernandes
636.**Guia de leitura (100 autores que você precisa ler)** – Organização de Léa Masina
637.**Pistoleiros também mandam flores** – David Coimbra
638.**O prazer das palavras** – vol. 1 – Cláudio Moreno
639.**O prazer das palavras** – vol. 2 – Cláudio Moreno
640.**Novíssimo testamento: com Deus e o diabo, a dupla da criação** – Iotti
641.**Literatura Brasileira: modos de usar** – Luís Augusto Fischer
642.**Dicionário de Porto-Alegrês** – Luís A. Fischer
643.**Clô Dias & Noites** – Sérgio Jockymann
644.**Memorial de Isla Negra** – Pablo Neruda
645.**Um homem extraordinário e outras histórias** – Tchékhov
646.**Ana sem terra** – Alcy Cheuiche
647.**Adultérios** – Woody Allen
651.**Snoopy: Posso fazer uma pergunta, professora? (5)** – Charles Schulz
652(10).**Luís XVI** – Bernard Vincent

653.**O mercador de Veneza** – Shakespeare
654.**Cancioneiro** – Fernando Pessoa
655.**Non-Stop** – Martha Medeiros
656.**Carpinteiros, levantem bem alto a cumeeira & Seymour, uma apresentação** – J.D.Salinger
657.**Ensaios céticos** – Bertrand Russell
658.**O melhor de Hagar 5** – Dik e Chris Browne
659.**Primeiro amor** – Ivan Turguêniev
660.**A trégua** – Mario Benedetti
661.**Um parque de diversões da cabeça** – Lawrence Ferlinghetti
662.**Aprendendo a viver** – Sêneca
663.**Garfield, um gato em apuros (9)** – Jim Davis
664.**Dilbert (1)** – Scott Adams
666.**A imaginação** – Jean-Paul Sartre
667.**O ladrão e os cães** – Naguib Mahfuz
669.**A volta do parafuso** *seguido de* **Daisy Miller** – Henry James
670.**Notas do subsolo** – Dostoiévski
671.**Abobrinhas da Brasilônia** – Glauco
672.**Geraldão (3)** – Glauco
673.**Piadas para sempre (3)** – Visconde da Casa Verde
674.**Duas viagens ao Brasil** – Hans Staden
676.**A arte da guerra** – Maquiavel
677.**Além do bem e do mal** – Nietzsche
678.**O coronel Chabert** *seguido de* **A mulher abandonada** – Balzac
679.**O sorriso de marfim** – Ross Macdonald
680.**100 receitas de pescados** – Sílvio Lancellotti
681.**O juiz e seu carrasco** – Friedrich Dürrenmatt
682.**Noites brancas** – Dostoiévski
683.**Quadras ao gosto popular** – Fernando Pessoa
685.**Kaos** – Millôr Fernandes
686.**A pele de onagro** – Balzac
687.**As ligações perigosas** – Choderlos de Laclos
689.**Os Lusíadas** – Luís Vaz de Camões
690(11).**Átila** – Éric Deschodt
691.**Um jeito tranqüilo de matar** – Chester Himes
692.**A felicidade conjugal** *seguido de* **O diabo** – Tolstói
693.**Viagem de um naturalista ao redor do mundo** – vol. 1 – Charles Darwin
694.**Viagem de um naturalista ao redor do mundo** – vol. 2 – Charles Darwin
695.**Memórias da casa dos mortos** – Dostoiévski
696.**A Celestina** – Fernando de Rojas
697.**Snoopy: Como você é azarado, Charlie Brown! (6)** – Charles Schulz
698.**Dez (quase) amores** – Claudia Tajes
699.**Poirot sempre espera** – Agatha Christie
701.**Apologia de Sócrates** *precedido de* **Êutifron** e *seguido de* **Críton** – Platão
702.**Wood & Stock** – Angeli
703.**Striptiras (3)** – Laerte
704.**Discurso sobre a origem e os fundamentos da desigualdade entre os homens** – Rousseau
705.**Os duelistas** – Joseph Conrad
706.**Dilbert (2)** – Scott Adams
707.**Viver e escrever** (vol. 1) – Edla van Steen
708.**Viver e escrever** (vol. 2) – Edla van Steen
709.**Viver e escrever** (vol. 3) – Edla van Steen
710.**A teia da aranha** – Agatha Christie
711.**O banquete** – Platão
712.**Os belos e malditos** – F. Scott Fitzgerald
713.**Libelo contra a arte moderna** – Salvador Dalí
714.**Akropolis** – Valerio Massimo Manfredi
715.**Devoradores de mortos** – Michael Crichton
716.**Sob o sol da Toscana** – Frances Mayes
717.**Batom na cueca** – Nani
718.**Vida dura** – Claudia Tajes
719.**Carne trêmula** – Ruth Rendell
720.**Cris, a fera** – David Coimbra
721.**O anticristo** – Nietzsche
722.**Como um romance** – Daniel Pennac
723.**Emboscada no Forte Bragg** – Tom Wolfe
724.**Assédio sexual** – Michael Crichton
725.**O espírito do Zen** – Alan W.Watts
726.**Um bonde chamado desejo** – Tennessee Williams
727.**Como gostais** *seguido de* **Conto de inverno** – Shakespeare
728.**Tratado sobre a tolerância** – Voltaire
729.**Snoopy: Doces ou travessuras? (7)** – Charles Schulz
730.**Cardápios do Anonymus Gourmet** – J.A. Pinheiro Machado
731.**100 receitas com lata** – J.A. Pinheiro Machado
732.**Conhece o Mário?** vol.2 – Santiago
733.**Dilbert (3)** – Scott Adams
734.**História de um louco amor** *seguido de* **Passado amor** – Horacio Quiroga
735(11).**Sexo: muito prazer** – Laura Meyer da Silva
736(12).**Para entender o adolescente** – Dr. Ronald Pagnoncelli
737(13).**Desembarcando a tristeza** – Dr. Fernando Lucchese
738.**Poirot e o mistério da arca espanhola & outras histórias** – Agatha Christie
739.**A última legião** – Valerio Massimo Manfredi
741.**Sol nascente** – Michael Crichton
742.**Duzentos ladrões** – Dalton Trevisan
743.**Os devaneios do caminhante solitário** – Rousseau
744.**Garfield, o rei da preguiça (10)** – Jim Davis
745.**Os magnatas** – Charles R. Morris
746.**Pulp** – Charles Bukowski
747.**Enquanto agonizo** – William Faulkner
748.**Aline: viciada em sexo (3)** – Adão Iturrusgarai
749.**A dama do cachorrinho** – Anton Tchékhov
750.**Tito Andrônico** – Shakespeare
751.**Antologia poética** – Anna Akhmátova
752.**O melhor de Hagar 6** – Dik e Chris Browne
753(12).**Michelangelo** – Nadine Sautel
754.**Dilbert (4)** – Scott Adams
755.**O jardim das cerejeiras** *seguido de* **Tio Vânia** – Tchékhov
756.**Geração Beat** – Claudio Willer

757.**Santos Dumont** – Alcy Cheuiche
758.**Budismo** – Claude B. Levenson
759.**Cleópatra** – Christian-Georges Schwentzel
760. **Revolução Francesa** – Frédéric Bluche, Stéphane Rials e Jean Tulard
761.**A crise de 1929** – Bernard Gazier
762.**Sigmund Freud** – Edson Sousa e Paulo Endo
763.**Império Romano** – Patrick Le Roux
764.**Cruzadas** – Cécile Morrisson
765.**O mistério do Trem Azul** – Agatha Christie
768.**Senso comum** – Thomas Paine
769.**O parque dos dinossauros** – Michael Crichton
770.**Trilogia da paixão** – Goethe
773.**Snoopy: No mundo da lua! (8)** – Charles Schulz
774.**Os Quatro Grandes** – Agatha Christie
775.**Um brinde de cianureto** – Agatha Christie
776.**Súplicas atendidas** – Truman Capote
779.**A viúva imortal** – Millôr Fernandes
780.**Cabala** – Roland Goetschel
781.**Capitalismo** – Claude Jessua
782.**Mitologia grega** – Pierre Grimal
783.**Economia: 100 palavras-chave** – Jean-Paul Betbèze
784.**Marxismo** – Henri Lefebvre
785.**Punição para a inocência** – Agatha Christie
786.**A extravagância do morto** – Agatha Christie
787(13).**Cézanne** – Bernard Fauconnier
788.**A identidade Bourne** – Robert Ludlum
789.**Da tranquilidade da alma** – Sêneca
790.**Um artista da fome** *seguido de* **Na colônia penal e outras histórias** – Kafka
791.**Histórias de fantasmas** – Charles Dickens
796.**O Uraguai** – Basílio da Gama
797.**A mão misteriosa** – Agatha Christie
798.**Testemunha ocular do crime** – Agatha Christie
799.**Crepúsculo dos ídolos** – Friedrich Nietzsche
802.**O grande golpe** – Dashiell Hammett
803.**Humor barra pesada** – Nani
804.**Vinho** – Jean-François Gautier
805.**Egito Antigo** – Sophie Desplancques
806(14).**Baudelaire** – Jean-Baptiste Baronian
807.**Caminho da sabedoria, caminho da paz** – Dalai Lama e Felizitas von Schönborn
808.**Senhor e servo e outras histórias** – Tolstói
809.**Os cadernos de Malte Laurids Brigge** – Rilke
810.**Dilbert (5)** – Scott Adams
811.**Big Sur** – Jack Kerouac
812.**Seguindo a correnteza** – Agatha Christie
813.**O álibi** – Sandra Brown
814.**Montanha-russa** – Martha Medeiros
815.**Coisas da vida** – Martha Medeiros
816.**A cantada infalível** *seguido de* **A mulher do centroavante** – David Coimbra
819.**Snoopy: Pausa para a soneca (9)** – Charles Schulz
820.**De pernas pro ar** – Eduardo Galeano
821.**Tragédias gregas** – Pascal Thiercy
822.**Existencialismo** – Jacques Colette
823.**Nietzsche** – Jean Granier
824.**Amar ou depender?** – Walter Riso
825.**Darmapada: A doutrina budista em versos**
826.**J'Accuse...! – a verdade em marcha** – Zola
827.**Os crimes ABC** – Agatha Christie
828.**Um gato entre os pombos** – Agatha Christie
831.**Dicionário de teatro** – Luiz Paulo Vasconcellos
832.**Cartas extraviadas** – Martha Medeiros
833.**A longa viagem de prazer** – J. J. Morosoli
834.**Receitas fáceis** – J. A. Pinheiro Machado
835.(14).**Mais fatos & mitos** – Dr. Fernando Lucchese
836.(15).**Boa viagem!** – Dr. Fernando Lucchese
837.**Aline: Finalmente nua!!!** (4) – Adão Iturrusgarai
838.**Mônica tem uma novidade!** – Mauricio de Sousa
839.**Cebolinha em apuros!** – Mauricio de Sousa
840.**Sócios no crime** – Agatha Christie
841.**Bocas do tempo** – Eduardo Galeano
842.**Orgulho e preconceito** – Jane Austen
843.**Impressionismo** – Dominique Lobstein
844.**Escrita chinesa** – Viviane Alleton
845.**Paris: uma história** – Yvan Combeau
846(15).**Van Gogh** – David Haziot
848.**Portal do destino** – Agatha Christie
849.**O futuro de uma ilusão** – Freud
850.**O mal-estar na cultura** – Freud
853.**Um crime adormecido** – Agatha Christie
854.**Satori em Paris** – Jack Kerouac
855.**Medo e delírio em Las Vegas** – Hunter Thompson
856.**Um negócio fracassado e outros contos de humor** – Tchékhov
857.**Mônica está de férias!** – Mauricio de Sousa
858.**De quem é esse coelho?** – Mauricio de Sousa
860.**O mistério Sittaford** – Agatha Christie
861.**Manhã transfigurada** – L. A. de Assis Brasil
862.**Alexandre, o Grande** – Pierre Briant
863.**Jesus** – Charles Perrot
864.**Islã** – Paul Balta
865.**Guerra da Secessão** – Farid Ameur
866.**Um rio que vem da Grécia** – Cláudio Moreno
868.**Assassinato na casa do pastor** – Agatha Christie
869.**Manual do líder** – Napoleão Bonaparte
870(16).**Billie Holiday** – Sylvia Fol
871.**Bidu arrasando!** – Mauricio de Sousa
872.**Os Sousa: Desventuras em família** – Mauricio de Sousa
874.**E no final a morte** – Agatha Christie
875.**Guia prático do Português correto – vol. 4** – Cláudio Moreno
876.**Dilbert (6)** – Scott Adams
877(17).**Leonardo da Vinci** – Sophie Chauveau
878.**Bella Toscana** – Frances Mayes
879.**A arte da ficção** – David Lodge
880.**Striptiras (4)** – Laerte
881.**Skrotinhos** – Angeli
882.**Depois do funeral** – Agatha Christie
883.**Radicci 7** – Iotti
884.**Walden** – H. D. Thoreau
885.**Lincoln** – Allen C. Guelzo
886.**Primeira Guerra Mundial** – Michael Howard
887.**A linha de sombra** – Joseph Conrad

888.**O amor é um cão dos diabos** – Bukowski
890.**Despertar: uma vida de Buda** – Jack Kerouac
891(18).**Albert Einstein** – Laurent Seksik
892.**Hell's Angels** – Hunter Thompson
893.**Ausência na primavera** – Agatha Christie
894.**Dilbert (7)** – Scott Adams
895.**Ao sul de lugar nenhum** – Bukowski
896.**Maquiavel** – Quentin Skinner
897.**Sócrates** – C.C.W. Taylor
899.**O Natal de Poirot** – Agatha Christie
900.**As veias abertas da América Latina** – Eduardo Galeano
901.**Snoopy: Sempre alerta! (10)** – Charles Schulz
902.**Chico Bento: Plantando confusão** – Mauricio de Sousa
903.**Penadinho: Quem é morto sempre aparece** – Mauricio de Sousa
904.**A vida sexual da mulher feia** – Claudia Tajes
905.**100 segredos de liquidificador** – José Antonio Pinheiro Machado
906.**Sexo muito prazer 2** – Laura Meyer da Silva
907.**Os nascimentos** – Eduardo Galeano
908.**As caras e as máscaras** – Eduardo Galeano
909.**O século do vento** – Eduardo Galeano
910.**Poirot perde uma cliente** – Agatha Christie
911.**Cérebro** – Michael O'Shea
912.**O escaravelho de ouro e outras histórias** – Edgar Allan Poe
913.**Piadas para sempre (4)** – Visconde da Casa Verde
914.**100 receitas de massas light** – Helena Tonetto
915(19).**Oscar Wilde** – Daniel Salvatore Schiffer
916.**Uma breve história do mundo** – H. G. Wells
917.**A Casa do Penhasco** – Agatha Christie
919.**John M. Keynes** – Bernard Gazier
920(20).**Virginia Woolf** – Alexandra Lemasson
921.**Peter e Wendy** *seguido de* **Peter Pan em Kensington Gardens** – J. M. Barrie
922.**Aline: numas de colegial (5)** – Adão Iturrusgarai
923.**Uma dose mortal** – Agatha Christie
924.**Os trabalhos de Hércules** – Agatha Christie
926.**Kant** – Roger Scruton
927.**A inocência do Padre Brown** – G.K. Chesterton
928.**Casa Velha** – Machado de Assis
929.**Marcas de nascença** – Nancy Huston
930.**Aulete de bolso**
931.**Hora Zero** – Agatha Christie
932.**Morte na Mesopotâmia** – Agatha Christie
934.**Nem te conto, João** – Dalton Trevisan
935.**As aventuras de Huckleberry Finn** – Mark Twain
936(21).**Marilyn Monroe** – Anne Plantagenet
937.**China moderna** – Rana Mitter
938.**Dinossauros** – David Norman
939.**Louca por homem** – Claudia Tajes
940.**Amores de alto risco** – Walter Riso
941.**Jogo de damas** – David Coimbra
942.**Filha é filha** – Agatha Christie
943.**M ou N?** – Agatha Christie
945.**Bidu: diversão em dobro!** – Mauricio de Sousa
946.**Fogo** – Anaïs Nin
947.**Rum: diário de um jornalista bêbado** – Hunter Thompson
948.**Persuasão** – Jane Austen
949.**Lágrimas na chuva** – Sergio Faraco
950.**Mulheres** – Bukowski
951.**Um pressentimento funesto** – Agatha Christie
952.**Cartas na mesa** – Agatha Christie
954.**O lobo do mar** – Jack London
955.**Os gatos** – Patricia Highsmith
956(22).**Jesus** – Christiane Rancé
957.**História da medicina** – William Bynum
958.**O Morro dos Ventos Uivantes** – Emily Brontë
959.**A filosofia na era trágica dos gregos** – Nietzsche
960.**Os treze problemas** – Agatha Christie
961.**A massagista japonesa** – Moacyr Scliar
963.**Humor do miserê** – Nani
964.**Todo o mundo tem dúvida, inclusive você** – Édison de Oliveira
965.**A dama do Bar Nevada** – Sergio Faraco
969.**O psicopata americano** – Bret Easton Ellis
970.**Ensaios de amor** – Alain de Botton
971.**O grande Gatsby** – F. Scott Fitzgerald
972.**Por que não sou cristão** – Bertrand Russell
973.**A Casa Torta** – Agatha Christie
974.**Encontro com a morte** – Agatha Christie
975(23).**Rimbaud** – Jean-Baptiste Baronian
976.**Cartas na rua** – Bukowski
977.**Memória** – Jonathan K. Foster
978.**A abadia de Northanger** – Jane Austen
979.**As pernas de Úrsula** – Claudia Tajes
980.**Retrato inacabado** – Agatha Christie
981.**Solanin (1)** – Inio Asano
982.**Solanin (2)** – Inio Asano
983.**Aventuras de menino** – Mitsuru Adachi
984(16).**Fatos & mitos sobre sua alimentação** – Dr. Fernando Lucchese
985.**Teoria quântica** – John Polkinghorne
986.**O eterno marido** – Fiódor Dostoiévski
987.**Um safado em Dublin** – J. P. Donleavy
988.**Mirinha** – Dalton Trevisan
989.**Akhenaton e Nefertiti** – Carmen Seganfredo e A. S. Franchini
990.**On the Road – o manuscrito original** – Jack Kerouac
991.**Relatividade** – Russell Stannard
992.**Abaixo de zero** – Bret Easton Ellis
993(24).**Andy Warhol** – Mériam Korichi
995.**Os últimos casos de Miss Marple** – Agatha Christie
996.**Nico Demo: Aí vem encrenca** – Mauricio de Sousa
998.**Rousseau** – Robert Wokler
999.**Noite sem fim** – Agatha Christie
1000.**Diários de Andy Warhol (1)** – Editado por Pat Hackett
1001.**Diários de Andy Warhol (2)** – Editado por Pat Hackett
1002.**Cartier-Bresson: o olhar do século** – Pierre Assouline

1003.**As melhores histórias da mitologia: vol. 1** – A.S. Franchini e Carmen Seganfredo
1004.**As melhores histórias da mitologia: vol. 2** – A.S. Franchini e Carmen Seganfredo
1005.**Assassinato no beco** – Agatha Christie
1006.**Convite para um homicídio** – Agatha Christie
1008.**História da vida** – Michael J. Benton
1009.**Jung** – Anthony Stevens
1010.**Arsène Lupin, ladrão de casaca** – Maurice Leblanc
1011.**Dublinenses** – James Joyce
1012.**120 tirinhas da Turma da Mônica** – Mauricio de Sousa
1013.**Antologia poética** – Fernando Pessoa
1014.**A aventura de um cliente ilustre** ***seguido de*** **O último adeus de Sherlock Holmes** – Sir Arthur Conan Doyle
1015.**Cenas de Nova York** – Jack Kerouac
1016.**A corista** – Anton Tchékhov
1017.**O diabo** – Leon Tolstói
1018.**Fábulas chinesas** – Sérgio Capparelli e Márcia Schmaltz
1019.**O gato do Brasil** – Sir Arthur Conan Doyle
1020.**Missa do Galo** – Machado de Assis
1021.**O mistério de Marie Rogêt** – Edgar Allan Poe
1022.**A mulher mais linda da cidade** – Bukowski
1023.**O retrato** – Nicolai Gogol
1024.**O conflito** – Agatha Christie
1025.**Os primeiros casos de Poirot** – Agatha Christie
1027(25).**Beethoven** – Bernard Fauconnier
1028.**Platão** – Julia Annas
1029.**Cleo e Daniel** – Roberto Freire
1030.**Til** – José de Alencar
1031.**Viagens na minha terra** – Almeida Garrett
1032.**Profissões para mulheres e outros artigos feministas** – Virginia Woolf
1033.**Mrs. Dalloway** – Virginia Woolf
1034.**O cão da morte** – Agatha Christie
1035.**Tragédia em três atos** – Agatha Christie
1037.**O fantasma da Ópera** – Gaston Leroux
1038.**Evolução** – Brian e Deborah Charlesworth
1039.**Medida por medida** – Shakespeare
1040.**Razão e sentimento** – Jane Austen
1041.**A obra-prima ignorada** ***seguido de*** **Um episódio durante o Terror** – Balzac
1042.**A fugitiva** – Anaïs Nin
1043.**As grandes histórias da mitologia greco--romana** – A. S. Franchini
1044.**O corno de si mesmo & outras historietas** – Marquês de Sade
1045.**Da felicidade** ***seguido de*** **Da vida retirada** – Sêneca
1046.**O horror em Red Hook e outras histórias** – H. P. Lovecraft
1047.**Noite em claro** – Martha Medeiros
1048.**Poemas clássicos chineses** – Li Bai, Du Fu e Wang Wei
1049.**A terceira moça** – Agatha Christie
1050.**Um destino ignorado** – Agatha Christie
1051(26).**Buda** – Sophie Royer
1052.**Guerra Fria** – Robert J. McMahon
1053.**Simons's Cat: as aventuras de um gato travesso e comilão – vol. 1** – Simon Tofield
1054.**Simons's Cat: as aventuras de um gato travesso e comilão – vol. 2** – Simon Tofield
1055.**Só as mulheres e as baratas sobreviverão** – Claudia Tajes
1057.**Pré-história** – Chris Gosden
1058.**Pintou sujeira!** – Mauricio de Sousa
1059.**Contos de Mamãe Gansa** – Charles Perrault
1060.**A interpretação dos sonhos: vol. 1** – Freud
1061.**A interpretação dos sonhos: vol. 2** – Freud
1062.**Frufru Rataplã Dolores** – Dalton Trevisan
1063.**As melhores histórias da mitologia egípcia** – Carmem Seganfredo e A.S. Franchini
1064.**Infância. Adolescência. Juventude** – Tolstói
1065.**As consolações da filosofia** – Alain de Botton
1066.**Diários de Jack Kerouac – 1947-1954**
1067.**Revolução Francesa – vol. 1** – Max Gallo
1068.**Revolução Francesa – vol. 2** – Max Gallo
1069.**O detetive Parker Pyne** – Agatha Christie
1070.**Memórias do esquecimento** – Flávio Tavares
1071.**Drogas** – Leslie Iversen
1072.**Manual de ecologia (vol.2)** – J. Lutzenberger
1073.**Como andar no labirinto** – Affonso Romano de Sant'Anna
1074.**A orquídea e o serial killer** – Juremir Machado da Silva
1075.**Amor nos tempos de fúria** – Lawrence Ferlinghetti
1076.**A aventura do pudim de Natal** – Agatha Christie
1078.**Amores que matam** – Patricia Faur
1079.**Histórias de pescador** – Mauricio de Sousa
1080.**Pedaços de um caderno manchado de vinho** – Bukowski
1081.**A ferro e fogo: tempo de solidão (vol.1)** – Josué Guimarães
1082.**A ferro e fogo: tempo de guerra (vol.2)** – Josué Guimarães
1084(17).**Desembarcando o Alzheimer** – Dr. Fernando Lucchese e Dra. Ana Hartmann
1085.**A maldição do espelho** – Agatha Christie
1086.**Uma breve história da filosofia** – Nigel Warburton
1088.**Heróis da História** – Will Durant
1089.**Concerto campestre** – L. A. de Assis Brasil
1090.**Morte nas nuvens** – Agatha Christie
1092.**Aventura em Bagdá** – Agatha Christie
1093.**O cavalo amarelo** – Agatha Christie
1094.**O método de interpretação dos sonhos** – Freud
1095.**Sonetos de amor e desamor** – Vários
1096.**120 tirinhas do Dilbert** – Scott Adams
1097.**200 fábulas de Esopo**
1098.**O curioso caso de Benjamin Button** – F. Scott Fitzgerald
1099.**Piadas para sempre: uma antologia para morrer de rir** – Visconde da Casa Verde
1100.**Hamlet (Mangá)** – Shakespeare
1101.**A arte da guerra (Mangá)** – Sun Tzu

1104.**As melhores histórias da Bíblia (vol.1)** – A. S. Franchini e Carmen Seganfredo
1105.**As melhores histórias da Bíblia (vol.2)** – A. S. Franchini e Carmen Seganfredo
1106.**Psicologia das massas e análise do eu** – Freud
1107.**Guerra Civil Espanhola** – Helen Graham
1108.**A autoestrada do sul e outras histórias** – Julio Cortázar
1109.**O mistério dos sete relógios** – Agatha Christie
1110.**Peanuts: Ninguém gosta de mim... (amor)** – Charles Schulz
1111.**Cadê o bolo?** – Mauricio de Sousa
1112.**O filósofo ignorante** – Voltaire
1113.**Totem e tabu** – Freud
1114.**Filosofia pré-socrática** – Catherine Osborne
1115.**Desejo de status** – Alain de Botton
1118.**Passageiro para Frankfurt** – Agatha Christie
1120.**Kill All Enemies** – Melvin Burgess
1121.**A morte da sra. McGinty** – Agatha Christie
1122.**Revolução Russa** – S. A. Smith
1123.**Até você, Capitu?** – Dalton Trevisan
1124.**O grande Gatsby (Mangá)** – F. S. Fitzgerald
1125.**Assim falou Zaratustra (Mangá)** – Nietzsche
1126. **Peanuts: É para isso que servem os amigos (amizade)** – Charles Schulz
1127(27).**Nietzsche** – Dorian Astor
1128.**Bidu: Hora do banho** – Mauricio de Sousa
1129.**O melhor do Macanudo Taurino** – Santiago
1130.**Radicci 30 anos** – Iotti
1131.**Show de sabores** – J.A. Pinheiro Machado
1132.**O prazer das palavras** – vol. 3 – Cláudio Moreno
1133.**Morte na praia** – Agatha Christie
1134.**O fardo** – Agatha Christie
1135.**Manifesto do Partido Comunista (Mangá)** – Marx & Engels
1136.**A metamorfose (Mangá)** – Franz Kafka
1137.**Por que você não se casou... ainda** – Tracy McMillan
1138.**Textos autobiográficos** – Bukowski
1139.**A importância de ser prudente** – Oscar Wilde
1140.**Sobre a vontade na natureza** – Arthur Schopenhauer
1141.**Dilbert (8)** – Scott Adams
1142.**Entre dois amores** – Agatha Christie
1143.**Cipreste triste** – Agatha Christie
1144.**Alguém viu uma assombração?** – Mauricio de Sousa
1145.**Mandela** – Elleke Boehmer
1146.**Retrato do artista quando jovem** – James Joyce
1147.**Zadig ou o destino** – Voltaire
1148.**O contrato social (Mangá)** – J.-J. Rousseau
1149.**Garfield fenomenal** – Jim Davis
1150.**A queda da América** – Allen Ginsberg
1151.**Música na noite & outros ensaios** – Aldous Huxley
1152.**Poesias inéditas & Poemas dramáticos** – Fernando Pessoa
1153.**Peanuts: Felicidade é...** – Charles M. Schulz
1154.**Mate-me por favor** – Legs McNeil e Gillian McCain
1155.**Assassinato no Expresso Oriente** – Agatha Christie
1156.**Um punhado de centeio** – Agatha Christie
1157.**A interpretação dos sonhos (Mangá)** – Freud
1158.**Peanuts: Você não entende o sentido da vida** – Charles M. Schulz
1159.**A dinastia Rothschild** – Herbert R. Lottman
1160.**A Mansão Hollow** – Agatha Christie
1161.**Nas montanhas da loucura** – H.P. Lovecraft
1162(28).**Napoleão Bonaparte** – Pascale Fautrier
1163.**Um corpo na biblioteca** – Agatha Christie
1164.**Inovação** – Mark Dodgson e David Gann
1165.**O que toda mulher deve saber sobre os homens: a afetividade masculina** – Walter Riso
1166.**O amor está no ar** – Mauricio de Sousa
1167.**Testemunha de acusação & outras histórias** – Agatha Christie
1168.**Etiqueta de bolso** – Celia Ribeiro
1169.**Poesia reunida (volume 3)** – Affonso Romano de Sant'Anna
1170.**Emma** – Jane Austen
1171.**Que seja em segredo** – Ana Miranda
1172.**Garfield sem apetite** – Jim Davis
1173.**Garfield: Foi mal...** – Jim Davis
1174.**Os irmãos Karamázov (Mangá)** – Dostoiévski
1175.**O Pequeno Príncipe** – Antoine de Saint-Exupéry
1176.**Peanuts: Ninguém mais tem o espírito aventureiro** – Charles M. Schulz
1177.**Assim falou Zaratustra** – Nietzsche
1178.**Morte no Nilo** – Agatha Christie
1179.**Ê, soneca boa** – Mauricio de Sousa
1180.**Garfield a todo o vapor** – Jim Davis
1181.**Em busca do tempo perdido (Mangá)** – Proust
1182.**Cai o pano: o último caso de Poirot** – Agatha Christie
1183.**Livro para colorir e relaxar** – Livro 1
1184.**Para colorir sem parar**
1185.**Os elefantes não esquecem** – Agatha Christie
1186.**Teoria da relatividade** – Albert Einstein
1187.**Compêndio da psicanálise** – Freud
1188.**Visões de Gerard** – Jack Kerouac
1189.**Fim de verão** – Mohiro Kitoh
1190.**Procurando diversão** – Mauricio de Sousa
1191.**E não sobrou nenhum e outras peças** – Agatha Christie
1192.**Ansiedade** – Daniel Freeman & Jason Freeman
1193.**Garfield: pausa para o almoço** – Jim Davis
1194.**Contos do dia e da noite** – Guy de Maupassant
1195.**O melhor de Hagar 7** – Dik Browne
1196(29).**Lou Andreas-Salomé** – Dorian Astor
1197(30).**Pasolini** – René de Ceccatty
1198.**O caso do Hotel Bertram** – Agatha Christie
1199.**Crônicas de motel** – Sam Shepard
1200.**Pequena filosofia da paz interior** – Catherine Rambert

1201.**Os sertões** – Euclides da Cunha
1202.**Treze à mesa** – Agatha Christie
1203.**Bíblia** – John Riches
1204.**Anjos** – David Albert Jones
1205.**As tirinhas do Guri de Uruguaiana 1** – Jair Kobe
1206.**Entre aspas (vol.1)** – Fernando Eichenberg
1207.**Escrita** – Andrew Robinson
1208.**O spleen de Paris: pequenos poemas em prosa** – Charles Baudelaire
1209.**Satíricon** – Petrônio
1210.**O avarento** – Molière
1211.**Queimando na água, afogando-se na chama** – Bukowski
1212.**Miscelânea septuagenária: contos e poemas** – Bukowski
1213.**Que filosofar é aprender a morrer e outros ensaios** – Montaigne
1214.**Da amizade e outros ensaios** – Montaigne
1215.**O medo à espreita e outras histórias** – H.P. Lovecraft
1216.**A obra de arte na era de sua reprodutibilidade técnica** – Walter Benjamin
1217.**Sobre a liberdade** – John Stuart Mill
1218.**O segredo de Chimneys** – Agatha Christie
1219.**Morte na rua Hickory** – Agatha Christie
1220.**Ulisses (Mangá) –** James Joyce
1221.**Ateísmo** – Julian Baggini
1222.**Os melhores contos de Katherine Mansfield** – Katherine Mansfied
1223(31).**Martin Luther King** – Alain Foix
1224.**Millôr Definitivo: uma antologia de *A Bíblia do Caos*** – Millôr Fernandes
1225.**O Clube das Terças-Feiras e outras histórias** – Agatha Christie
1226.**Por que sou tão sábio** – Nietzsche
1227.**Sobre a mentira** – Platão
1228.**Sobre a leitura** ***seguido do*** **Depoimento de Céleste Albaret** – Proust
1229.**O homem do terno marrom** – Agatha Christie
1230(32).**Jimi Hendrix** – Franck Médioni
1231.**Amor e amizade e outras histórias** – Jane Austen
1232.**Lady Susan, Os Watson e Sanditon** – Jane Austen
1233.**Uma breve história da ciência** – William Bynum
1234.**Macunaíma: o herói sem nenhum caráter** – Mário de Andrade
1235.**A máquina do tempo** – H.G. Wells
1236.**O homem invisível** – H.G. Wells
1237.**Os 36 estratagemas: manual secreto da arte da guerra** – Anônimo
1238.**A mina de ouro e outras histórias** – Agatha Christie
1239.**Pic** – Jack Kerouac
1240.**O habitante da escuridão e outros contos** – H.P. Lovecraft
1241.**O chamado de Cthulhu e outros contos** – H.P. Lovecraft
1242.**O melhor de Meu reino por um cavalo!** – Edição de Ivan Pinheiro Machado
1243.**A guerra dos mundos** – H.G. Wells
1244.**O caso da criada perfeita e outras histórias** – Agatha Christie
1245.**Morte por afogamento e outras histórias** – Agatha Christie
1246.**Assassinato no Comitê Central** – Manuel Vázquez Montalbán
1247.**O papai é pop** – Marcos Piangers
1248.**O papai é pop 2** – Marcos Piangers
1249.**A mamãe é rock** – Ana Cardoso
1250.**Paris boêmia** – Dan Franck
1251.**Paris libertária** – Dan Franck
1252.**Paris ocupada** – Dan Franck
1253.**Uma anedota infame** – Dostoiévski
1254.**O último dia de um condenado** – Victor Hugo
1255.**Nem só de caviar vive o homem** – J.M. Simmel
1256.**Amanhã é outro dia** – J.M. Simmel
1257.**Mulherzinhas** – Louisa May Alcott
1258.**Reforma Protestante** – Peter Marshall
1259.**História econômica global** – Robert C. Allen
1260(33).**Che Guevara** – Alain Foix
1261.**Câncer** – Nicholas James
1262.**Akhenaton** – Agatha Christie
1263.**Aforismos para a sabedoria de vida** – Arthur Schopenhauer
1264.**Uma história do mundo** – David Coimbra
1265.**Ame e não sofra** – Walter Riso
1266.**Desapegue-se!** – Walter Riso
1267.**Os Sousa: Uma famíla do barulho** – Mauricio de Sousa
1268.**Nico Demo: O rei da travessura** – Mauricio de Sousa
1269.**Testemunha de acusação e outras peças** – Agatha Christie
1270(34).**Dostoiévski** – Virgil Tanase
1271.**O melhor de Hagar 8** – Dik Browne
1272.**O melhor de Hagar 9** – Dik Browne
1273.**O melhor de Hagar 10** – Dik e Chris Browne
1274.**Considerações sobre o governo representativo** – John Stuart Mill
1275.**O homem Moisés e a religião monoteísta** – Freud
1276.**Inibição, sintoma e medo** – Freud
1277.**Além do princípio de prazer** – Freud
1278.**O direito de dizer não!** – Walter Riso
1279.**A arte de ser flexível** – Walter Riso
1280.**Casados e descasados** – August Strindberg
1281.**Da Terra à Lua** – Júlio Verne
1282.**Minhas galerias e meus pintores** – Kahnweiler e Crémieux

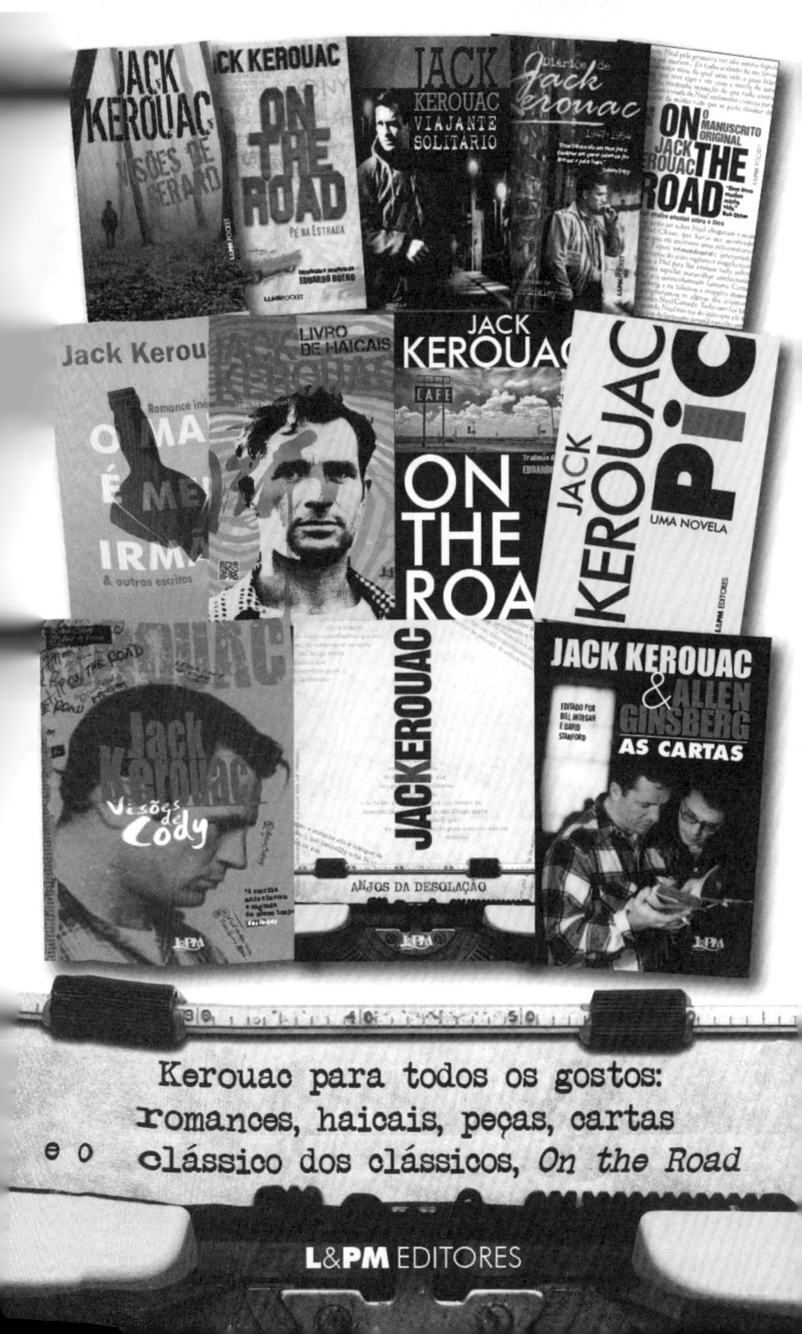
Kerouac para todos os gostos:
romances, haicais, peças, cartas
e o clássico dos clássicos, On the Road
L&PM EDITORES

IMPRESSÃO:

PALLOTTI

GRÁFICA

Santa Maria - RS | Fone: (55) 3220.4500

www.graficapallotti.com.br